KB216811

당신은 이미
충분히 강한 사람입니다

일러두기

* 이 책은 의료, 치료법과는 무관하게 한 개인의 치료 과정과
  경험에 의해 집필되었습니다.

* 환자들의 독서 편의를 위해 글씨 크기를 기준보다 조금 더 키웠습니다.

6개월 시한부 판정을 받은 600억 자산가 이야기

After 10 years.

당신은 이미
충분히 강한 사람입니다

박지형(크리스) 지음

체인지업
CHANGEUP

저자는 위암 4기로 시한부 생명을 진단받았으나 오랜 항암 치료 후 수술과 함께 완치되었고, 이는 극히 드문 사례라고 볼 수 있다.

진료실 밖 그의 이야기는 단순한 투병기가 아니다. 암이라는 두려운 이름 앞에서도 삶을 포기하지 않았고, 할 수 있는 것들에 최선을 다하며 단 하루라도 더 치열하게 살겠다는 의지로 자신의 길을 묵묵히 만들어왔다.

고통을 마주하면서도 매 순간 삶에 열정을 다해온 그를 보며 '살아간다는 것의 의미'를 다시금 되새기게 된다. 암 환자 모두에게 이런 완치의 기회가 오는 것은 아니겠으나, 그 삶의 과정은 모두에게 크나큰 힘이 될 것이다.

양한광

現 국립암센터 원장
前 서울대학교암병원 병원장
前 서울대학교병원 외과 주임교수

최근 회사 안팎으로 해결하기 어려운 이슈가 많아 힘들다는 말을 달고 사는 나였기에 이 책이 주는 충격은 더 컸다. 6년 전, 서울대 최고경영자과정으로 처음 알게 된 지형이가 말기 암을 극복하고 있었다는 사실과 그 이후로도 십수 년을 살아내고 있다는 사실에 놀라지 않을 수 없었다.

늘 바쁘고 치열해서, 늘 자기주장이 확실해서, 나와는 전혀 다른 삶의 궤적을 가진 동생이었음에도 더욱 각별하게 여겼는데 이런 사정을 안고 있을 줄이야…. 지형이의 바람대로 독자들이 이 책을 통해 위로와 동정이 아닌 희망과 용기를 얻고, 나아가 힘든 오늘을 살아가는 무한한 동력을 얻을 수 있을 거라 확신한다.

나 또한 대한민국 경제의 한 귀퉁이를 담당하는 경영자로서 그의 삶에서 큰 힘을 얻어, 위기를 기회로 만들 수 있도록 마음을 다잡겠다.

서강현
現 현대제철 사장
前 현대자동차 부사장

의식하지 않으려 해도 '죽음'은 늘 우리 곁에 있다. 서점에는 죽음과 관련된 책들이 많고, 죽음을 가깝게 마주했던 이들의 경험담도 즐비하다. 그러나 각자의 삶이 모두 다른 것처럼 죽음 역시 지극히 개별적이며 주관적이다.

죽음은 곧 '끝'이다. 끝이 이미 정해져 있으므로 삶이라는 것은 본래 허무한데, 남은 삶이 특히 소중하게 느껴지고 '악착같이 살아야 할 이유'가 절실해지는 순간이 있다. 시한부 선고를 받고도 지금까지 버텨온 저자의 지난 세월은 과연 치열한 싸움들이었을까…. 프리드리히 니체는 《우상의 황혼》을 통해 이렇게 말했다.

"나를 죽이지 못하는 고통은 나를 더 강하게 만든다."

이 책의 마지막 페이지를 덮고 나니 비로소 알겠다. 그는 '죽음을 이긴 것'이 아니라 다만 '삶을 바꾼 것'이다.

이석환

現 교원구몬 대표이사
前 롯데자이언츠 대표이사

당신은 이미 충분히 강한 사람입니다

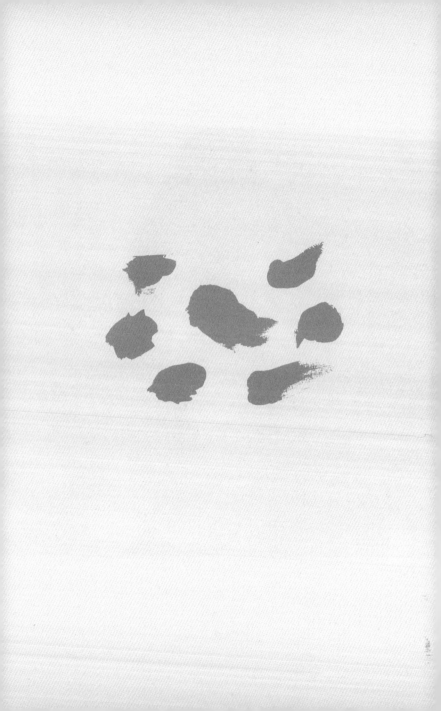

생사의 기로, 생사의 기록

지금으로부터 10여 년 전, 나는 시한부 판정을 받았다. 병명은 위암 4기 복막 전이.

당시 내가 찾은 기록에는 나와 같은 병종의 생존자는 없는 것으로 파악되었으며, 남은 6개월을 '삶을 정리하는 기간'으로 소진하라는 병원의 조언에 깊은 절망에 빠졌다. 좋은 기억만 가져가고 싶었고, 슬픈 기억을 줄이려 부단히 노력했다. 암 투병의 영역에 있어, 특히 3기 이상의 깊은 병기를 가진 환우

들은 공감할 것이다. 좀 더 살아서, 이 이야기를 누군가에게 들려주고 싶었는데 다행히 나는 10년이 넘도록 살아 있다. 그리고 오래도록 살아남은 생존자로서 이 이야기를 기록으로 남길 수 있음에 더없이 감사하다.

이것은 그 노력의 시간들을 글로 풀어 쓴 것이다. 이 기록이 나와 비슷한 이들에게, 혹은 나와 전혀 다른 삶을 살아가는 많은 이들에게 작은 희망의 불씨가 되길 바란다. 아픔은 언제나 슬픔을 데리고 오지만, 인고의 길 위에서 웃으며 살아온 나의 이야기가 '완벽한 가능성'이 아니라 가능성이 존재할 수도 있다는 '새로운 가능성'을 제시해 주었으면 좋겠다. 죽을 수밖에 없었던 위암 4기 복막 전이 환자의 투쟁기가 힘든 삶을 살아가는 모든 이들에게 희망의 증거가 되길 또한 간절히 원한다.

'기적'이라는 단어는 기적이 일어났기 때문에 존재한다. 이 기적이 부디 여러분을 비껴가지 않기를 조용히 소망하겠다.

2025년 봄,
박지형 올림

차례

Chapter 1.
죽음과의 대면

Chapter 2.
희망의 증거가 되고 싶었습니다

Chapter 3.

돈 이상의 돈

Chapter 4.

당신이 알아야 할 삶의 공식

Chapter 5.

안녕, 모든 세상아

Chapter 1.

죽음과의 대면

10년 전,
그러니까 나의 2014년

2014년 겨울, 당시 나는 서른일곱 살이었고 결혼한 지 몇 해가 지나고 있었다. 스크린골프 사업을 이제 막 시작하던 시기였고 여러 이유에서 돈이 필요했으며, 돈을 많이 벌어야만 했던 시기이기도 했다.

스크린골프는 사업 특성상 공사의 영역이 큰 부분을 차지하는데, 그때 나는 공사 비용을 조금이라도 절감하고자 대부분의 공사 현장에 들어가 직접 천장을 따고 바닥도 뜯었다. 한 번은 대전의 한 특목고의 의뢰를 받아 스크린골프 시스템을 설치하러 갔는데, 그때 처음으로 몸에서 이상 기운을 감지했다. 모든 공사 현장이 힘들지만, 그날은 유독 더 힘들었고 금방 지쳤다.

그곳에는 임시 화장실, 그러니까 현장 작업자들이 출입할 수 있는 화장실이 별도로 마련되어 있었는

당신은 이미 충분히 강한 사람입니다

데 거기서 볼일을 보다가 아주 새카만 검은색 변을 마주하게 되었다. 내가 조금만 더 예민했더라면 퇴근 후에 병원이라도 가봤을 텐데, 당시에는 웬일인지 대수롭지 않게 넘겼다(나중에 알고 보니 그것이 혈변이었다).

내 병은 아마, 그때부터였을 거다.

2014년 3월, 해외 출장이 잡혔다. 우즈베키스탄까지 가야 했고, 마침 다른 직원들이 모두 국내 설치 건으로 바삐 움직이고 있었던 터라 나는 어쩔 수 없이 비행기에 몸을 실었다. 수도 타슈켄트에서 다시 비행기를 타고, 내려서도 차를 타고 한참 들어가니 현장이 보였다. 몇 푼 아끼겠다고 환승하는 모든 이동 수단을 가장 값싸게 예매한 탓인지 컨디션이 급격히 안 좋아졌다. 몸이 안 좋다고 느꼈던 평소의

'느낌'과는 사뭇 달랐다. 몸에서 낯선 기운이 감돌았다. 그때 처음으로 겁이 좀 났던 것 같다.

도착한 그곳은 한국 건설업체의 대형 공사 현장이었고 커뮤니티 시설 차원에서 스크린골프 시스템을 설치하는, 꽤 규모가 있는 작업이었다. 다행히 공사 규모에 비해 난이도는 그리 높지 않았다. 사전에 공사에 대한 전반적인 기반을 다 마련해 두었기에, 현장에서의 실제 작업은 수월한 편이었다. 평소 같았으면 크게 힘들지 않은 작업이었음에도 그날따라 유난히 피곤하고 고되게 느껴졌다. 천장에 프로젝터를 설치하기 위해 사다리를 몇 번 탄 게 다인데, 오르내리는 게 어찌나 힘이 들던지….

우여곡절 끝에 공사가 어느 정도 마무리되었고, 일행들과 함께 술자리를 가졌다. 당시만 해도 나는

당신은 이미 충분히 강한 사람입니다

술을 상당히 좋아했기에, 러시아 권역까지 가서 전통 술을 맛보지 않는 건 있을 수 없는 일이었다. 처음 한 잔을 딱 들이켰는데, 뒤로 나자빠질 것처럼 몸이 휘청였다. 몸이 안 좋아서 일행들에게 술은 못 먹겠다고 말하고 식사만 했다. 그러고는 기억을 잃었다.

밥을 먹다가 갑자기 기절해버린 것이다. 돌이켜보면 참으로 무지하고 무식했다. 몸이 그렇게 안 좋으면 열 일 제치고 병원부터 가봐야 하는데, 아랑곳하지 않고 일에만 몰두했으니 말이다. 당시 나는 죽는다고 해도 전혀 이상할 게 없었다. 몸이 그만큼 안 좋았다. 한국에서 온 멀쩡하던 한 사람이 밥을 먹다가 별안간 쓰러졌지만, 그곳에는 응급 처치를 할 수 있는 기관도, 장비도, 사람도 없었다.

고려인 현지 코디네이터가 놀라서 내 팔다리를 주물러댔고, 그 기척에 구사일생으로 눈을 뜰 수 있었다. 말하자면, 그가 나의 생명의 은인인 것이다. 잠시 안정을 취하면서 '코이카'라는 한인 선교단체가 운영하는 병원을 수소문했다. 거기서 피도 뽑고 여러 검사를 했는데, 결과가 너무 무서웠다. '아무 이상 없음'이었다. 살면서 한 번도 겪어본 적이 없는 '블랙아웃'이었는데 아무 이상이 없다니, 정말 의아했다.

나는 그 즉시 한국에 있는 아내에게 전화를 걸었다. 아내는 울고불고하며 작업이고 뭐고 그대로 놔두고 한국으로 빨리 들어오라며 소리를 질렀다. 그러나 돌아가는 것도 문제였다. 정규 노선이 아니었기에 가고 싶다고 당장 갈 수 있는 상황이 아니었던 것이다. 그렇게 심란한 와중에 내 소식을 들은 한국의 대형 건설사에서 여차저차 비행기편을 마련해 주었다. 흔히 말하는 경비행기였지만 감지덕지할 수밖에 없었다. 비행기를 타고 가면서도 나에게 그렇게 큰 병이 있을 거라고는 결코 상상하지 못했다.

나는 죽어가고 있었다.
딱 죽지 않을 정도로만 살아서.

다시 수도로 넘어와 아시아나 항공을 탔는데, 그때는 정말 서 있기도 버거웠다. 항공사 측에서는 내 상태를 보고 감사하게도 이코노미석 한 줄을 통으로 배정해 주었고, 나는 거의 송장처럼 누워서 한국 땅을 밟을 수 있었다. 코디네이터가 한 번, 건설사가 한 번, 항공사가 한 번, 내 생명을 연장해 준 셈이었다.

공항에 도착 후 나는 주차해둔 차를 버리고, 일단 택시를 잡았다. 당시 미아리 쪽에 살았기에 생각할 것도 없이 가장 가까운 고대병원으로 갔다. 가자마자 몇 가지 검사를 한 후 바로 입원 절차를 밟았다. 의사는 나를 보며 산 사람의 헤모글로빈 수치가 아니라며 탄식했다.

보통 한두 팩으로 끝나는 수혈을 나는 스무 팩 가까이 맞았다. 그때 처음으로 살고 싶다는 생각을 했다. 살고 싶은 욕구가 폭발한 것이다. 급한 불을 끈 후에 CT를 찍어보니 위에 출혈이 심했고, 이내 위암 3기 선고를 받았다. 그때까지도 희망은 있었다. 4기가 아니니까. 4기가 아니라면, 적어도 수술은 할 수 있으니까.

그렇게 수술 날짜를 잡았다. 조금 먼 감이 있었

당신은 이미 충분히 강한 사람입니다

다. 그때까지 잘 버틸 수 있을지 막막했다. 무슨 생각이었는지, 나는 괜히 서울대병원에도 예약을 잡았다. 응급으로 수술하는 경우, 갑자기 빈자리가 생기게 되면 그 자리에 운 좋게 들어간다고 귀동냥으로 알고 있었기 때문이다. 천운이었을까, 최소 몇 달은 기다려야 하는 수술 일정이 이틀 뒤로 바로 잡혔다. 고대병원에서 서울대병원으로 이송되며 나는 속으로 기쁨의 눈물을 흘렸다.

그렇게 수술대에 누웠는데, 수술이 생각보다 너무 빨리 끝났다. 배를 여닫는 차원에서 끝나버린 것이다. 내가 모르는 문제가 있을 거라는 확신이 들었다. 사건의 전말은 이러했다. 서울대병원에서 나는 나만 모르게 4기 진단을 받았고, 가족들은 혹시 모르니 암을 제거할 수 있는지 열어봐 달라고 병원 측에 요청한 것이다. 결국 나에게는 이 수술이 암 제거 수술이었고, 가족 입장에서는 혹시라도 손을 댈 수 있는 여지가 있는지 확인하기 위한 수술이었다.

나는 가족들을 불러모았다. 사실대로 말해달라고 했다. 복막까지 전이 된 위암 4기. 암 중에서도 예후가 가장 좋지 않은 암. 이것이 나의 최종 병명이었다. 담당의는 침착했다. 손을 쓸 방법이 없다. 너무 늦었다. 열어봤는데 원발암이 위를 뚫고 나와 있다. 파종된 씨처럼 복막과 몸 곳곳에 전이되어 있다… 등의 이야기를 조심스럽게 했다. 나는 혈액 종양 내과로 옮겨졌고, 거기서 사형 선고를 받았다. 2014년의 가장 잔인한 대화가 그때부터 시작되었다.

"제가 얼마나 살 수 있을까요?"

4기 암 환자의 대화는 슬프다. 언제나 남은 날을

당신은 이미 충분히 강한 사람입니다

먼저 계산해야 했다. 나는 4기인 것도 알겠고, 상태가 많이 안 좋은 것도 알겠으니 이제 어떻게 하면 되겠냐고 물었다. 사용하는 용어부터 주위 환경까지 모든 게 낯설었다. 의사는 항암을 안 하면 6개월, 항암을 하면 1년의 '중앙생존 기간'이 예상된다고 했다. 병원 측에서도 마냥 넘겨짚을 수는 없으니, 나와 비슷한 환자들의 사례를 빗대 평균값을 낸 것이다. 쉽게 말해 '운이 좋으면 조금 더 살 수도 있고, 운이 나쁘면 더 빨리 죽을 수도 있지만, 평균값은 이 정도입니다'라는 뜻이었다. 나와 가족들은 마음의 준비를 하기 시작했다.

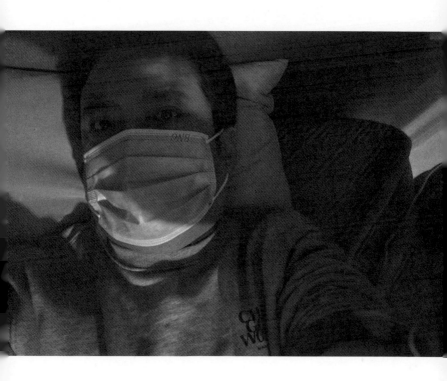

당신은 이미 충분히 강한 사람입니다

내가 생각한
'죽음'

말기 암에는 4가지 단계가 있다. 가장 먼저 '저항'이 있고, 다음은 '타협', 그다음은 '체념', 마지막으로 '인정'이다. 의사가 죽음을 준비하라고 하면 십중팔구는 절망하거나 눈물을 흘릴 테지만 나는 남은 시간이 아깝다는 생각이 먼저 들었다. 감정에 휘둘릴 시간이 없었고, 그러고 싶지도 않았다. 37년간 살아오면서 죽음에 대해 한 번도 진지하게 생각해 본 적이 없었고, 더구나 '100세 시대 어쩌고' 하는 세상에서 죽음은 아주 먼 미래의 일처럼 느껴졌기 때문이다.

사업을 하고 있어서 그런지 현상황에 논리적으로 접근하기 시작했으며, 스스로 데이터를 수집해 나갔다. 그러는 중에 '급성'일 경우에는 두어 달 안에도 죽을 수 있다는 걸 알게 되었는데, 냉정하게 생각해보면 그때의 나는 살아 있는 사람보다 죽은 사람에 훨씬 가까웠는지도 모른다. 당연하게도 많은 이들이 나를 걱정했고, 나는 곧 죽을 나보다 남겨질 이들이 더 걱정되었다.

'내가 죽으면 내 가족들은 어떻게 살아갈까?'

당시만 해도 아버지가 살아계셨기에 아들을 먼저 떠나보낼 부모님이 마음에 걸렸고, 임신 중인 아내와 태어나자마자 아빠가 없을 내 아이가 걱정되었다. 회사도 문제였다. 그동안 벌려놓은 일들이 너무 많은데, 남은 시간 동안 잘 정리하고 수습할 수 있을지 의문이었다. 충분한 시간이 보장되어 있다면 그런 고민도 하지 않았을 것이다. 나쁜 짓 안 하고 열심히 살아왔는데, 왜 나에게 이런 시련이 닥친 것인지 안타까울 따름이었다. 어쨌든 나는 '곧 죽을 나'가 아닌 '죽음 이후에 남겨질 사람들'을 한 명씩 머릿속에 떠올려보았다.

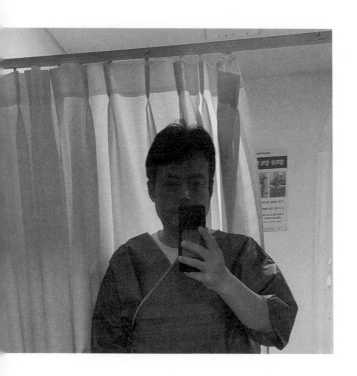

당신은 이미 충분히 강한 사람입니다

죽는다고 했을 때,
나는 슬프지 않고 짜증이 났다

의료진이 나의 죽음을 예견했을 때, 나만 빼고 모두 울었다. 웬일인지 나는 눈물이 나지 않았다. 더 정확히 말하면, 슬프지가 않았다. 내가 가진 정신적 문제를 좋게 보면 '오기'라고 볼 수 있을 것이고 나쁘게 보면 '정신병'이라고도 볼 수 있는데, 이러한 정신적 스탠스가 나를 지금까지 살게 한 것일지도 모른다. 내가 이런 얘기를 마치 '남의 일'인 것처럼 떠들 수 있는 것도 희한할 정도로 무심한 나의 성격 탓이다.

죽음이 가까워지고 있음을 느낀 순간 나는 짜증이 치밀어 올랐다. 해야 할 일들과 하고 싶은 일들이 너무나 많았기 때문이다. 병원에 누워 있을 때 가장 부러웠던 사람은 다름 아닌 노인들이었다. 저들은 적어도 해볼 수 있는 것들은 다 해봤겠지, 하는 생각이 들었다. 만약 내가 60살이 넘어 시한부

당신은 이미 충분히 강한 사람입니다

판정을 받았다면, 아니 50살만 넘었어도 이렇게까지 화가 나지는 않았을 것이다. 그러나 만으로 이제 겨우 서른여섯…. 어려도 너무 어린 나이였다. 사업적으로 물꼬가 조금씩 트이는 시기였기에 상심은 더욱 컸다.

'어차피 이렇게 된 거, 남은 사람들에게
민폐는 끼치지 말고 가자.'

말기 암 환자들은 가족이나 주변 사람들을 알게 모르게 힘들게 한다. 일부러 더 못되게 구는 경우도 있다. '나는 죽는데 너희는 살잖아' 하는 마음에 투정을 부리고 신경질을 부리는 것이다. 그리고 그것을 일종의 권리라고 간주해 버린다. 나는 그게 싫었다. 내가 아프다고 해서 앞으로 살아갈 이들을 아프게 할 권리는 없다. 그래서 나는 나를 위로하는 이들을 오히려 위로했다. 태연해 보인다고 해서 '죽음의 두려움'으로부터 완벽하게 해방된 것은 물론 아니었다.

짜증이 나는 건 여전했다. 하던 것들을 모두 내려놓고, 그것도 너무 일찍 떠나야 한다는 사실에 망연자실하기도 했다. 돌이켜보면 이 짜증은 병마와 맞서는 좋은 에너지원이었다. 궁지에 몰린 쥐가 체념하고 포기하는 순간 고양이 밥이 되는 건 시간문제였다. 내가 죽는다는 것과는 별개로 병원에서 말한 6개월이라는 기간 자체가 가스라이팅처럼 느껴졌다. '안 죽으면 어쩔래?'라는 생각도 했으니, 나도 참 보통내기는 아니었던 것 같다.

이러한 상황에서 낙담하지 않을 수 있는 사람은 아마 별로 없을 것이다. 나는 병마가 주는 고통과

당신은 이미 충분히 강한 사람입니다

죽음에 대한 공포가 나를 잠식하도록 내버려두지 않았으며, 매우 드문 경우이기는 하나 6개월 시한부 판정을 받고도 3년 이상 생존한 이들이 있다는 것을 알게 되었다. 나는 그 즉시 6개월, 혹은 1년 안에 달성할 수 있는 나만의 목표들을 하나씩 세워나갔다. 하고 있던 사업도 멈추지 않고 진행해 보고, 비즈니스와 관련된 다양한 일들을 여느 때와 다름없이 해나갔다. 더불어 곧 태어날 아이는 보고 죽을 수 있겠다는 희망이 생기기 시작했다.

'그래, 너무 많은 생각은 하지 말자.
눈앞에 놓인 것만. 오직 그것만.'

살아서 사망보험금을
받은 사람

당신은 이미 충분히 강한 사람입니다

내 앞으로 되어 있던 생명보험은 생명보험 중에서도 보험료가 컸다. 상황도 이렇게 됐겠다, 잊고 지냈던 서류를 꺼내 약관을 읽어 내려가기 시작했다. 사망한 자, 그리고 6개월 이내에 사망이 확정된 자. 사망보험금을 받을 수 있는 조건은 이 두 가지였다. 나는 6개월 시한부 판정을 받았기에 슬프게도 '이에 해당하는 자'였다. 그렇게 이름만 대면 누구나 알 만한 굴지의 보험 회사에 서류를 보냈다.

보험 회사는 살아 있는 사람이 사망보험금을 청구한 것에 적잖이 놀란 눈치였다. 나는 보험금 청구가 반려되길 은근히 바라면서도, 동시에 남은 가족들을 위해 미리 받아놓을 수 있다면 그렇게라도 하고 싶었다. 보험금은 5억 원이었다. 보험 회사에서 관계자들이 나와 하나부터 열까지 조사하기 시작했다. 살아 있는 사람에게 사망보험금을 주게 생겼으니, 그들도 일일이 따지지 않을 수 없었을 것이다. 처음에는 보험금을 줄 수 없다고 딱 잡아뗐다. 지급하지 못하는 이유를 밝히라고 했더니 그들은 마지못해 이렇게 말했다.

"산 자에게 사망보험금을
지급한 사례가 없습니다."

나는 사망이 기정사실화된 사람이니 약관에 적힌 대로 꼭 받아야겠다고 입장을 끝까지 피력했다. 그러고는 얼마 후 5억 원이 조금 안 되는 보험금이 정말로 입금되었다. 5억 원에서 6개월 치 이자를 제한 금액이었다. 끔찍했다. 6개월 후에는 정말 죽는구나 싶었다. 대형 보험사에서 살아 있는 사람에게 사망보험금을 줄 정도니 의학적으로, 또 법률적으로 상황이 그만큼 좋지 않았다. 물론, 남게 될 이들에게 금전적인 보탬이 될 수 있다는 데에는 만족했다. 이 것이 잘한 행동이었는지, 혹은 잘못한 행동이었는 지 지금도 알 수는 없지만 당시에는 그렇게라도 할 수 있음에 기뻐했던 것 같다. 예견된 죽음이 나에게 준 선물이라는 관점에서 보면 좋은 일이겠고, 죽음 이 확증되었다는 관점에서 보면 이보다 슬픈 일은 없을 것이다.

당신은 이미 충분히 강한 사람입니다

이 책을 읽는 대부분의 독자들은 아마도 암 환자이거나 암 환자의 가족들이거나 혹은 암에 대한 두려움을 안고 살아가는 '어떤 이들'일 것이다. 아니면 암과는 전혀 무관한 평범한 사람들일 수도 있다. 그러나 내가 바라는 건, 독자의 입장이 어떻든 이 책을 통해 암이라는 병으로부터 얻게 되는 삶의 다양한 관점들을 획득할 수 있길 바란다는 것이다. 가령 암과는 거리가 먼 사람이 만약 나처럼 살게 된다면, 물리적인 '시간' 자체를 훨씬 밀도 있게 사용할 수 있을 거라는 얘기다. 폭넓은 이해가 필요한 이야기이기에 집필을 하면서도 약간은 조심스러운 부분이 있다.

무엇보다 나는 이 책이 암 환자를 위한 투병 가이드북이 되는 것을 원치 않으며, 보호자들의 간호 예행서가 되는 것 역시 원치 않는다. 우리 모두 죽음을 거스를 수 없는 운명이라면, 남은 생을 어떻게 아름답게 보낼 것인지 한 번쯤 생각해보는 정도면 충분하다. 어차피 말이나 글로는 나의 상황과 형편을 모두 대변할 수 없고 이는 도무지 불가능한 일이다. TV 프로그램 같은 데 나와서 '살아 있는 사람이 사망보험금을 받았습니다!'라고 말하면 시청률은 따 놓은 당상일 것이다. 그러나 그것이 행복이었는지, 불행이었는지 판단할 길은 나로서는 여전히 묘연하다.

당신은 이미 충분히 강한 사람입니다

누워서 죽지 말고
뛰다가 죽자

'말기 암 환자'라는 말은 사실 잘못된 표현이다. 잘못되었다기보다는 다소 부정적이며, 특히 환자에게 그리 적절한 표현은 아니다. 그런즉, '4기 전이암 환자'로 고쳐 쓰는 것이 올바르다. '말기'라는 워딩이 주는 '끝'의 뉘앙스는 있던 힘마저 앗아갈 수 있다. 암 환자들의 루틴은 크게 다르지 않다. 암에 걸리면 가장 먼저 하던 것들을 중단하고 가족 등 타인에게 의존하게 된다. 암 환자에게는 병의 중함과는 별개로 장애 등급을 부여하지 않는데, 이는 4기 전이암 환자도 예외는 아니다. 병과 장애는 명백히 다르기 때문이다.

살 수 있는 날이 얼마 남지 않은 심각한 병을 얻었지만, 이것이 결국 장애는 아니라는 얘기다. 암 환자들은 격렬하게 움직이지는 못해도 일상생활을 하는 데 딱히 큰 어려움은 없다. 여기서 선택지가 하나 더 생긴다. 조금 냉정하게 말하면, 굳이 하던 일을 멈추지 않아도 된다는 것이다. 암을 치유하기 위해 속세를 버리고 자연으로 들어간 사람들의 이야기를 매체를 통해 한 번쯤은 접해보았을 것이다. 보도되고 기사화되는 것은 극소수다. 그러니까 그보다 훨씬 많은 이들이 자신만의 방법으로 암을 극복해내고 있다는 얘기다.

사실 환자의 입장에서는 누워 있으면 편하다. 그리고 그것을 환자의 기본 권리라고 생각하는 사람도 있다. 얼마 남지도 않은 시간을 누워서 보낸다면 나는 결코 행복할 수 없을 것 같았다. 받을 수 있는 치료는 다 받되, 그 외의 시간은 움직이고 싶었다. '누워 있는 것'과 '죽어 있는 것'이 적어도 나에겐 크게 다르지 않았다. 그러한 선택을 하는 데까지도 그리 오랜 시간이 걸리지 않았다. 앞서 얘기한 것처럼 시한부 선고를 받았을 때, 나는 사업을 하고 있었다. 직원들에게 언제까지고 숨길 수는 없기에 가감 없이 털어놓았다.

"지금 상황이 이렇습니다.
대표로서 너무 미안하지만, 그만두세요.
지금 그만두면 퇴직금은 물론
실업급여도 받을 수 있습니다."

10명이 좀 넘는 직원 가운데 그 누구도 그만두겠다고 말하지 않았다. 병원에 누워 치료를 받아야 하고, 치료에만 집중해도 시간이 모자랄 거라고 거듭 말했지만 먹히지 않았다. '대표님이 언제 죽을지 모르겠지만, 대표님이 안 좋아진다는 가정하에 우리가 더 열심히 일해야 하지 않겠냐'며 오히려 반박했다. 대부분 가정이 있었기에, 고맙고 미안한 마음을 감출 길이 없었다. 나도 겉으로 표현은 못 했지만 일하고 싶은 마음이 굴뚝같았다. 결국 직원들의 반응은 일종의 '트리거'가 되었다. 결재 서류나 간단한 미팅은 병원에서 가졌다. 직원들은 매번 미안해했으나 나는 아무래도 괜찮았다.

병원 휴게실에서 노트북으로 업무를 보면서 '이게 맞나?' 하는 생각도 솔직히 몇 번 했지만, '6개월 뒤에 죽든 1년 뒤에 죽든 내가 100년 뒤에 죽을 일은 없으니까 할 수 있는 데까지는 해보자'라는 마음이 더 컸다. 다른 환자였다면 현실을 인정하고 순응했을 테지만 나는 그러지 않았다. 무엇보다 암 환자의 경우 오히려 많이 움직이는 편이 낫다는 걸 잘 알고 있었다. 치고받는 투기 종목만 아니면, 체력이 허락하는 한 얼마든 운동해도 좋다는 것이다. 계속 누워만 있으면, 누워 있지 않으면 불편해진다. 나는 그런 무기력에서 오는 불편함을 '살아서는' 느끼고 싶지 않았다.

시한부 판정을 받은 이듬해부터 나는 웨이크 서핑을 하기 시작했다. 에너지 소모가 크고 격렬한 운동에 속하지만, 물에서 하는 운동이기에 크게 다칠 일은 없었다. 처음에는 10분씩 늘려 나가다가 나중에는 하루에 서너 시간씩은 기본으로 탔다. 운동신경이 아주 좋은 편이 아니었는데, 당시에는 거기에 완전히 미쳐 있었다. 결국, 시작한 지 2년 정도가 지난 뒤에는 전국대회에서 우승까지 해버렸다. 내 나이 마흔이 넘어가는 시점이었다. 암 환자가 아니라 일반인 기준으로도 20대들의 신체 능력을 뛰어넘기가 사실상 힘들다. 건강을 위해 시작한 운동이었는데 좋은 결과까지 따라주니 신기하고 감사할 따름이었다.

당신은 이미 충분히 강한 사람입니다

중소벤처기업진흥공단에서 대출을 받을 때도 그랬다. 당시 수술한 지 얼마 되지 않아 마약성 진통제와 피 주머니 등을 몸에 주렁주렁 달고 있었다. 그런데 대표가 직접 방문하지 않으면 대출 승인 자체를 해주지 않았고 나는 별수 없이 병원 측에 사정을 말하고 간신히 외출증을 끊었다. 환자복을 입고 갈 수는 없기에, 양복 안주머니에 피 주머니를 넣었다. 허리를 펴기도 힘들었으나 내색하지 않으려 오전 내내 진땀을 뺐다. 대출 담당자가 어디 불편한데가 있냐 물었고, 암 수술을 했다고는 차마 말할 수 없어 오다가 접촉 사고가 났다고 말했다. 직원들은 이렇게까지 해야 하는 일이냐며 나를 만류했다. 나는 목구멍까지 차오르는 말을 꾹 참았다.

'이렇게까지 해야 하는 일이 아니라,
이렇게라도 해야만 하는 일이에요.'

당신은 이미 충분히 강한 사람입니다

누워서 죽지 않고 뛰다가 죽으려 했는데, 뛰다 보니까 계속 살게 되었다. 조금만 약한 마음을 먹었다면 꼼짝없이 병원에 갇혀 하루하루 죽음을 기다려야 했을 것이다. 어차피 죽을 거라면, 뭐라도 해보고 죽는 편이 나았다.

Chapter 2.

희망의 증거가 되고 싶었습니다

내가 다시 살아야 했던
몇 가지 이유

나에게는 살아야 했던 이유가 있다. 죽음의 근처에 다다랐을 때 살아야 할 이유에 매달리지 않았더라면 나는 아마 포기했을지도 모른다. 그러나 당장 내 몸만 보면 '죽을 이유'는 수십 가지에 달했다.

'죽을 이유는 이렇게나 많은데,
그렇다면 내가 살아야 하는 이유는 뭘까…?'

누워서 이런저런 생각을 하다 보니 몇 개가 추려졌다. 첫째로, 적어도 내 딸이 태어나는 건 보고 죽어야 했다. 아이가 태어나는 순간에 내가 땅속이든 어디든 묻혀 있다면, 정말이지 끔찍했다. 아이가 태어나는 순간까지는 살아야 했고, 그러기 위해서는 최소한 6개월은 버텨야 했다. 그것이 나의 생존 의지를 활활 불태웠다고 볼 수 있다.

당신은 이미 충분히 강한 사람입니다

둘째는 아버지다. 아버지도 몸이 편찮으셨는데, 내 소식을 들으신 직후부터 건강이 급격히 악화되었다. 초등학교에서 교사로 오래 근무하고 은퇴하신 아버지는 그 누구보다 윤리적이고 도덕적인 분이었다. 그런 아버지가 내 옆에서 서럽게 우는 모습을 보면서 살아나야겠다는 의지를 다시금 다잡지 않을 수 없었다. 곧 태어날 자식을 보고 죽어야겠다고 생각한 것과 크게 다르지 않다. 아버지도 아버지 당신보다 자식을 먼저 떠나보낼 수가 없을 테니 말이다. 돌이켜보면 지킬 수 없는 약속이었는데, 나는 아버지에게 이렇게 말했다.

"나는 아버지보다 오래 삽니다.
그러니 아버지도 오래 사세요."

끝내 나는 아버지보다 오래 살았다. 자식이 부모

보다 먼저 가는 게 불효라면, 적어도 그 불효는 저지르지 않았다는 것이다. 장자로서 아버지의 장례를 지키며, 아름답고 좋은 곳으로 가길 빌고 또 빌었다. 일반인들이 보기에는 당연한 일처럼 느껴지겠지만 나의 경우에는 기적과도 같은 일이었다.

살아야 했던 이유 중에서는 회사도 **빼놓을** 수 없다. 조금만 더 하면 회사를 상장시킬 수 있을 거라는 확신이 있었다. 그 확신이 실현되는 걸 두 눈으로 꼭 보고 싶었고, 내가 죽으면 회사는 상장은커녕 존폐 위기에 놓일 게 뻔했다. 욕심이라면 욕심일 수도 있지만, 어쨌든 나는 회사를 두고 세상을 떠날 수가 없었다. 내 아이를 보고 죽고 싶어서, 내 아버지보다 먼저 죽기 싫어서, 회사의 성장을 두 눈으로 보고 싶어서, 나는 죽기 싫었다. 아니, 죽을 수가 없었다. 사람은 의식에 따라 강력한 힘을 받기도 하

당신은 이미 충분히 강한 사람입니다

고, 힘을 몽땅 잃기도 한다. 무엇을 의지하고 나아가는지, 어떠한 목적을 갖고 살아가는지, 그 근간이 중요한 까닭이다.

암 환자들은 투병하면서 자연스럽게 치료법에 대한 잡다한 상식이 늘어난다. 사소한 식습관부터 운동, 종교적인 힘까지도 말이다. 나는 그런 것들을 생각하고 실천할 에너지로 다른 것들을 생각했다. 괜한 것, 부질없는 것에 에너지를 빼앗기지 않았다. 특히 병마 앞에서 주눅 들거나 기죽지 않았다. 나를 살린 건, 그러한 상식이 아닌 강철 같은 의지였다. 더 정확하게 말하면 의지를 갖게 해준 '요소'들이었다. 내가 살아야 했던 몇 가지 이유는 끝끝내 나를 죽음으로부터 건져 올려주었다.

당신은 이미 충분히 강한 사람입니다

희망의 증거

육군 소령으로 예편한 서진규 박사의 저서 《다시, 나는 희망의 증거가 되고 싶다》를 읽는데 문득 이런 생각이 들었다.

'어쩌면 나도 희망의 증거가 될 수 있을까?'

나는 숫자적인 사람이고, 수치적인 사람이었기에 6개월 시한부 판정을 받은 직후부터 제대로 된 희망의 증거가 필요했다. 그 증거가 있어야 그나마 작은 희망이라도 품을 수 있기 때문이었다. 그래서 모든 기록을 샅샅이 뒤졌다. 치료는 병원에서 암 전문가들이 알아서 해줄 것이지만 그래도 내가 스스로 붙들 수 있는 단 하나의 증거가 필요했다. 국내에서는 나와 같은 환자의 생존 기록이 아예 없었고, 외국도 상황은 크게 다르지 않았다.

증세와 진행 상태를 분석해 세계 최대 규모의 암 치료센터인 MD앤더슨 암센터에 공식 서한을 보냈으나 샘플조차 없다는 답변을 받았다. 미국은 위암 발병률이 우리나라만큼 높지 않은 데다가 환자의 수도 적어 데이터가 없다는 것이었다. 하는 수 없이 환자들을 직접 찾아다녔다. 그러나 찾으면 찾을수록 희망의 증거보다는 죽음의 증거만 나왔다. 정말이지 미칠 지경이었다. 실제로 나와 같은 병을 얻은 환자의 마지막 순간을 내 눈으로 직접 목격하기도 했다. 5년이 넘는 시간 동안 그 한 사람을 찾기 위해 노력했는데 모든 것이 물거품이 된 것이다. 위암 4기에 복막 전이가 있고, 5년 이상을 생존한 사람은 지구 어디에도 없었다.

과연 어디에도 없을까… 생각하다가, 내가 바로 그 사람이라는 사실을 깨닫고 까무러쳤다. 그때부터 생각이 완전히 뒤바뀌었다. 누군가는 나와 같은 병으로 고통받을 텐데, 그들을 위해 내가 '살아 있는' 희망의 증거가 되겠노라 다짐했다. 말하자면, 내가 이 분야에 있어서만큼은 유일무이한 지표인 셈이다. 동시에 일종의 사명감 같은 것도 생겼다.

기독교에서는 이러한 것을 '소명^{Calling}'이라 부른다. 신의 부름을 받는 것으로 이해하면 쉽다. 죽음을 간접적으로 체험한 사람으로서, 암 앞에서 두려움에 떨 환자들에게 작은 희망이 될 수 있다면 그걸로 충분했다. 나를 하나의 '가능성'으로 여기고 조금이라도 용기를 얻을 수 있다면 그걸로 충분했다. 그러니, 암 환자나 그의 가족들이 이 책을 읽는다면 여기서 꼭 좋은 에너지를 얻길 바란다. 나는 그거 하나면 된다.

나는 시한부 판정을 받고도 10년 이상을 살고 있다. 그런즉 '10년 차 희망의 증거'다. 앞으로 5년을 더 살면 15년 차 희망의 증거가 될 것이고, 10년을 더 살면 20년 차 희망의 증거가 될 것이다. 그렇게 되면 내 아이의 결혼식에도 참석할 수 있게 된다. 그 손을, 그 어여쁜 손을 잡고 옆에 서 줄 수 있게 된다.

나는 여러분을 위해서, 동시에 특히 나를 위해서 희망의 증거가 되어야만 한다. 만약 내가 그 전에 죽는다면 거기까지가 나의 여정일 테지만, 죽기 전까지는 살아 있는 희망의 증거로서 좋은 영향력을 많은 이들에게 나눌 것이다.

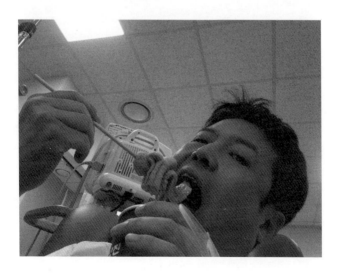

당신은 이미 충분히 강한 사람입니다

절망하기엔
너무 많이 가진 당신에게

얼마 전 중소기업을 운영하는, 꽤 잘나가는 지인으로부터 연락이 왔다. "박 대표님, 요즘 회사 운영이 너무 힘듭니다"로 시작한 그의 말에는 절망이 서려 있었다. 좋은 시기가 올 거라고 얘기해주었지만, 여러 이유에서 나도 마음이 많이 쓰였다. 먼저는 그의 회사가 걱정되었고, 다음으로는 지극히 자연스러운 현상을 너무 심각하게 받아들이는 그의 태도가 걱정되었다.

물론, 힘들지도 않은데 그가 엄살을 부렸다고 생각하지는 않는다. 그러나 이것을 알아주었으면 좋겠다. 보통의 사람들은 상대적인 절망감을 느끼지만, 암 환자들은 절대적인 절망감을 느낀다. 여러분은 여러분이 생각하는 것보다 훨씬 많은 행복의 조건들을 가지고 있음을 잊지 않았으면 좋겠다는 것이다. 인터넷의 발달로 우리는 상대적 박탈감을 그

당신은 이미 충분히 강한 사람입니다

어느 때보다도 많이 느낀다. 이는 아무래도 '선택적 절망'에 가깝다. 절망의 유무를 선택할 수 있다면, 절망을 선택하지 않으면 그만이다.

그래도 안 되겠으면 대학병원에 가서 30분만 서 있어 보길 바란다. 그러면 알게 될 것이다. 스스로 얼마나 행복한 사람이고, 스스로 얼마나 많은 것들을 누리고 있는지 말이다. 대학병원에 가면 다섯 중 하나는 암 환자다. 그들의 모습과 가족들의 모습을 보고 느끼는 바가 있었으면 좋겠다. 제대로 걷지도 못하는 사람, 콧줄(비위관) 없이는 음식을 섭취하지 못하는 사람, 온종일 누워 천장만 바라보는 사람…. 그들보다 삶이 힘들다면 여러분의 고됨을 어느 정도는 이해할 수 있을 것이지만, 그게 아니라면 여러분은 아직 괜찮다. 할 만하고, 살 만하다.

"절망하지 않고 살 수 있는 사람은 없지만,
절망하기에 여러분은 아직 너무 이르다."

암 환자가 겪는 가장 큰 문제는 생활고다. 문제는 생활고가 생활고로만 끝나는 게 아니라 치료비 문제로 휘청이다 결국 가족 해체로까지 이어진다는 것이다. 실제로 그런 일들이 알게 모르게 우리 주변에서 일어나고 있다. 의술이 아무리 발달해도 의학적으로 여전히 암에 대한 명쾌한 답을 내놓을 수 없다. 여러분은 최소한 불치병에는 걸리지 않았다. 타인의 불행을 보며 위안을 얻는 방식이 건강하냐 묻는다면 제대로 답할 수 없지만, 나의 투병기를 통해 여러분이 얼마나 행복한 사람인지 깨달을 수 있다면 나를 얼마든 활용해도 좋다.

당신은 이미 충분히 강한 사람입니다

1%, 아니 0.1%의
가능성만 있다면

나는 10년이 넘도록 숫자에 집착했다. 내가 만들어가는 숫자가 유일한 지표였기 때문이다. 암 1기 판정을 받고 제때 치료를 받으면 완치율이 90%를 웃돈다. 높은 확률임이 분명하지만 그렇다고 100%인 것은 아니다. 가령 완치율이 99%라고 해도, 아니 99.9%라고 해도 0.1%의 확률로 죽을 수 있다는 것이다. 나는 이것과 딱 정반대인 상황이었다. 죽을 확률이 99.9%였고, 생존 확률은 0.1%이거나 혹은 그 이하였다. 6개월 시한부 판정 이후부터 10년을 넘게 살고 있으니, 그 확률은 너무 희박해서 감이 잡히지도 않는다.

어쨌거나 100%는 아니었다. 아무리 희박한 확률이어도 실낱같은 희망이 있었다. 시한부 판정을 받고도 10년 넘게 살아 있으니, 나만 놓고 본다면 내 경우에서 살 확률은 100%가 된다. 나 말고는 아무도 없기에 가능한 일이다. 포커로 예를 들어보자. 포커에서 가장 좋은 패인 '로열 스트레이트 플러쉬'가 나올 확률은 0.000153%다. 극악의 확률이지만, 아예 안 나오는 건 아니다. 비교적 흔한 '풀 하우스'가 뜰 확률은 0.144%다. 1%도 안 되는 확률에 사람들이 돈을 거는 이유는 '될 수도 있기 때문'이다. 하나만 들어오면 된다는 생각에 그 확률이 어떻든 가진 돈을 몽땅 걸어 버릴 수도 있다는 것이다. 나는 의사에게 몇 번이나 물었다.

"100% 죽는 건 아니죠?"

의사는 매번 마지못해 '100%는 아니다'라고 답했다. 나는 그 말을 들을 때마다 가슴이 뛰었다. 내가 살 확률이 미미하게나마 있다는 사실 자체가 나를 들뜨게 했다. 위암 4기 복막 전이 환자가 10년이 넘도록 살 수 있었던 건 확률 앞에 무너지지 않았기 때문이다. 긍정의 힘은 무시무시하다. 강철보다 단단한 확률을 깃털의 유약한 힘으로도 뚫을 수 있다는 것이다. 물론, '살아 있다'는 것도 그 기준이 다양할 수 있다. 단순히 숨만 붙어 있다고 해서 살아 있다고 결론지을 수는 없다는 얘기다.

당신은 이미 충분히 강한 사람입니다

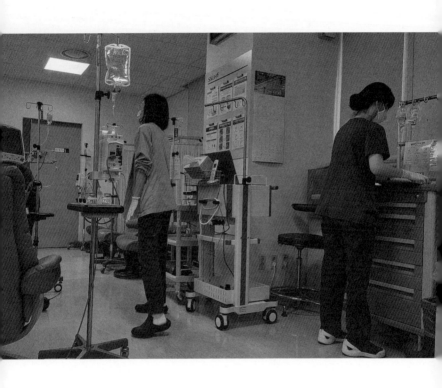

병원 주최로 연극 프로그램에 참여한 적이 있다. 뭐 대단한 연극은 아니었으나, 무미건조한 병원 생활에 활기를 불어넣기에는 충분했다. 즐겁게 참여해 가던 어느 날, 담당자로부터 연극이 곧 종료될 거라는 얘기를 들었다. 이제 살아 있는 사람이 없다고. 나 말고 한 분이 더 남긴 했는데, 그분을 살아 있는 사람으로 봐도 될지 모르겠다고…. 다시 원점으로 돌아가서 1%, 아니 0.1%의 가능성이 있었기에 나는 나의 가능성을 100%로 만들었다. 이는 병마에만 국한되는 얘기가 아니다. 사업이든 학업이든 그 무수한 확률을 뚫고 원하는 바를 쟁취했다면 적어도 그 사람에게는 그 꿈이 100%의 확률로 이루어진 셈이다. 그 과정에서 실패를 거듭했더라도 말이다.

2기 암 환자인 친구가 있었다. 나는 그에게 '내가 너였다면 기뻐서 온 병원을 뛰어다녔을 것'이라고 말했다. 암 환자를 부러워하는 게 이해되지 않겠지만, 나의 경우엔 그를 부러워하지 않을 수 없었다. 그러나 그 친구는 이제 이 세상에 없다. 생존 확률이 나보다 월등히 높았지만, 그는 마치 모든 것을 포기한 사람처럼 보였다. 병마의 기세에 눌려 그만 주눅이 들어버린 것이다. 나의 생존 확률은 거의 제로에 가까웠다. 하지만 1년이 지나고, 5년이 지나고, 이제는 10년이 훌쩍 넘도록 살아 있다. 그러는 가운데 돈 벌려고 환자 행세를 한다는 둥, 사기꾼이라는 얘기가 나돌기도 했다. 이해한다. 그렇게 생각할 수 있다.

나는, '죽을 확률'이 아닌 '살 확률'에 모든 것을 베팅했다. 여전히 완벽하게 승리한 것은 아니지만, 분명한 건 계속 이겨 나가고 있다는 것이다.

아파서 끝나는 게 아니라

포기해서 끝나는 거다

당신은 이미 충분히 강한 사람입니다

병원에서 내리는 '선고'가 갖는 의미도 크지만, 사실 최종적인 의사 결정권은 환자 본인에게 있다. 앞서 얘기한 친구의 경우도 그랬다. 결정권이 결국 자신에게 있었음에도 늘 부정적인 생각으로 가득했다. '잘못되면 어떡하지?', '내가 정말 죽게 된다면?' 같은 생각을 필요 이상으로 앞세운다면 없던 병도 생기기 마련이다. 인간의 의지는 신체를 치유하기도 하지만 병들게도 한다.

암이 발병하는 가장 큰 요인은 유전이고, 생활 습관이나 스트레스 등이 그 뒤를 잇는다. 의학적인 치료 말고는 큰 의미가 없다고 생각할지도 모르겠으나, 먼저 포기하는 쪽이 먼저 끝나는 것도 사실이다. 아무리 좋지 않은 암이라고 해도 오랫동안 생존해 있는 사람들을 보면 대부분 긍정적이며, 삶에 대한 의지가 남다르다.

조심스러운 얘기이긴 하나 병이 사람을 죽이는 게 아니라, 생각이 사람을 죽이는 것 같다. 마음이 병들면 몸이 덩달아 병드는 까닭이다. 진료와 치료는 의사가 하고, 약 제조는 약사가 하고, 의지를 다지는 건 환자가 해야 한다. 그 누구도 대신해 줄 수 없다. 포기를 선언하는 순간, 몸은 묘하게 주인을 따르기 시작한다. 그러니 죽기 전까지는 몸이 자신의 통제하에 있다는 것을 명심하길 바란다.

당신은 이미 충분히 강한 사람입니다

나는 부자들을 많이 알고 있다. 그들은 대부분 자기 자신에 대한 '확신'이 있으며, 좀처럼 꺾이지 않는 믿음 또한 있다. 내가 창업 멤버일 때 오너로 계시던 분의 얘기를 꺼내지 않을 수 없다. 그는 자본금 5,000만 원으로 시작해 기업 가치가 조 단위인 골프 회사를 만든 장본인이다. 그를 보며 나는 늘 '어떻게 하면 저런 자신감을 갖고 살아갈까?' 생각했다. 매일 아침 눈을 뜨자마자 '나는 무슨 일이든 해낼 수 있어!'라고 다짐할 만큼 생각의 힘을 잘 아는 사람이었다. 자기 확신을 통해 삶을 가장 성공적으로 이끌어 간 이상적인 사례가 아닐까 싶다.

살 사람도 죽이고, 죽을 사람도 살리는 것이 인간의 '의지'라면 약한 마음을 먹어서는 안 된다. 병기가 낮은 암이라고 해서 생존율이 100%인 것은 아니며, 병기가 높은 암이라고 해서 사망률이 100%가

당신은 이미 충분히 강한 사람입니다

아니라는 걸 기억하자. 나도 안다. 마음을 굳게 먹는다는 것이 생각처럼 쉽지 않다는 것을. 그래서 나는 미치기로 했다. 속된 말로, 미친놈이 되었다. 미치지 않으면 나의 의지에 지속성을 부여할 수 없었기 때문이다. 비유가 아니라 살 수만 있다면 똥이라도 집어 먹겠다는 심정으로 병마와 싸웠다. 이래서 안 되고, 저래서 안 되고, 그 어떤 핑계도 갖다 댈 수 없을 만큼 단단한 의지였다.

병기가 높고 전이가 되었다고 해서 망연자실하며 식음을 전폐해 버리면, 있던 희망마저 스스로 저버리는 꼴이 된다. 너무 방대한 지식, 지나치게 많은 정보는 때로 불필요한 결론을 짓게 만든다. 생과 사의 끈은 오직 자신이 쥐고 있다. 운명이 숨을 거둬들이기 전까지 투쟁하고 정진해야 하는 이유다. 포기하지 않으면 결코 끝나지 않는다.

Chapter 3.

돈 이상의 돈

돈의 진짜 의미

발병 이후 '돈'의 의미는 자못 달라졌다. 발병 전에는 막연하게 돈을 많이 벌고 싶었다면, 발병 이후에는 돈 버는 것에 대한 분명한 이유가 생겼다. 아무래도 치료의 전 과정에 적지 않은 치료 비용이 들어가기 때문이다. 안타깝게도 몸이 아프게 되면 가장 먼저 하게 되는 것이 아마 돈 걱정일 것이다. 설상가상으로 하던 일까지 중단하게 될 경우, 환자와 환자 가족들은 그 즉시 생활고에 시달릴 수도 있다.

그렇다면 부자들에게 돈은 무엇일까? '있어도 그만, 없어도 그만'인 것일까? 내가 아는 한 부자들은 여러분들보다 돈에 더 집착하며, 소비에 있어서도 매우 전략적이다. 예컨대 일반인들은 적은 돈을 아끼고 아껴 큰돈을 만들려고 하지만, 부자들은 금액이 아닌 '가치'에 더 집중한다. 밸류에이션을 따진다는 것이다. 부모에게 많은 재산을 물려받은 소위

당신은 이미 충분히 강한 사람입니다

'금수저'가 아니라면 대부분의 부자들은 돈에 대한 철학과 가치관이 뚜렷하다. 같은 천만 원이라도 주머니 속에 가만히 있을 때와 불려 나갈 때의 가치가 다른 것처럼 말이다.

조금 더 극단적인 예를 들자면, 노름꾼의 손에 들어간 천만 원과 투자자의 손에 들어간 천만 원은 그 본질부터 다르다. 조금씩 불려 나가는 사람, 드라마틱하게 불려 나가는 사람, 1시간도 안 돼서 다 탕진하는 사람, 작은 사업에 도전하는 사람 등 천만 원의 의미와 가치는 그것을 손에 넣는 사람에 따라 확연히 달라진다는 것이다. 사실 돈이나 가치보다 더 중요한 것은 그 돈을 통해 얻을 수 '경험'과 '배움'이다.

2014년, 스마트골프 사업을 처음 시작했을 때의 자본금도 천만 원이었다. 시작은 그러했지만 나중에는 K-OTC(Korea-Over The Counter, 한국장외시장)에까지 상장되었고, 최고점을 찍었을 때 회사 가치는 370억 원까지 갔다. 말하자면, 천만 원이라는 자본금이 370억 원으로 향하는 시드머니가 된 셈이다. 밸류에이션 측정이 그래서 중요하다.

우리나라에는 단지 돈이 많다는 이유로 부자를 적대시하는 풍조가 있다. 이는 지극히 그릇된 사상이라고 볼 수 있다. 부자들은 세금을 더 많이 내며 기부 등 사회에 공헌도 훨씬 많이 한다. 물론, 불법적인 일을 하며 많은 부를 축적하고 그 돈을 유흥이나 마약에 쓰는 몰지각한 사람들은 제외다. 진짜 부자들은 정제된 언어를 쓰고 에티켓을 준수하며, 양보하고 베푸는 것을 미덕으로 삼는다. 또한 그런 습관들이 자연스레 몸에 배어 있다.

'곳간에서 인심 난다'라는 속담이 있다. 이는 우리가 부자가 되어야 하는 이유이기도 하다. 경제력이 개인의 인성에 막대한 영향을 끼칠 수 있다는 것이다. 가령 식당에서 8천 원짜리 백반을 먹고 감사의 뜻으로 만 원을 놓고 나온다면 식당 주인이 '저 손님은 뭔데 거스름돈을 안 받는 거지? 참 재수 없는

당신은 이미 충분히 강한 사람입니다

사람이군'이라고 생각할까? 아마 대부분은 자신이 만든 음식에 대한 존중과 감사로 여기고 좋아할 것이다. '겨우' 2천 원이라고 생각할 수 있지만, 이 2천 원이 가진 밸류에이션은 금액으로 환산되는 가치 이상의 의미를 지닌다.

군이 따지자면, 내가 생각하는 부자는 최소 몇천 억 이상을 가진 사람들이다. 그 이상은 조 단위가 넘어간다. 부자들은 거의 획일화되어 있는데, 아침에 늦게 일어나는 부자를 본 적이 없고 배 나온 부자를 본 적이 없으며 사소한 일에 화를 내는 부자를 본 적이 없다. 성향이 조금씩 다를 뿐, 부자들의 모습은 대부분 비슷했다. 부자들은 심지어 옷도 잘 입는다. 값비싼 명품으로 치장한다기보다는 자신에게 무엇이 잘 어울리는지 명확히 알고, 그것을 과하지 않게 잘 표현할 줄 안다. 부자들은 똑똑하고 젠틀하며, 유머러스하다.

　파인다이닝에서 한 끼에 20만 원이 넘는 식사를 하는 부자들을 보며 부러워하는 사람들도 있을 테고, 미쳤다고 손가락질하는 사람도 있을 것이다. '저 돈이면 김밥이 몇 줄이야?' 하며 하나하나 계산해보는 사람도 적지 않을 것이다. 그러나 죽기 전에 한 번쯤은 부자로 살아볼 필요가 있다. 자본주의 사회에서 돈의 흐름을 한 번이라도 읽어본 사람은 그 돈을 잃는다고 해도 그만큼을 다시 만들어낼 수 있다. 내가 존경하는 부자 가운데 반 이상은 대학병원 로비에서 그 이름을 찾아볼 수 있다. 적게는 수천만 원부터 많게는 수억 원, 수십억 원까지… 그들이라고 돈이 아깝지 않았을까? 노블레스 오블리주는 이토록 고귀하고 숭고하다.

기부를 투자 개념으로 봐서는 안 되지만, 기부를 하고 그 사실이 드러나면 그 사람의 영향력이 더 커지는 것도 사실이다. 기부자의 선한 영향력이 잠재적 기부자를 양산할 수 있고, 그러한 문화가 잘 자리 잡으면 적어도 지금보다는 아름다운 사회 공동체가 만들어질 것이다. 돈을 어떻게 벌지 고민하는 것보다 벌어놓은 돈을 어떻게 쓸지 고민하는 것이 더 효율적이다. 나는 이 책을 읽는 모두가 늘 그러한 고민에 빠졌으면 좋겠다.

당신은 이미 충분히 강한 사람입니다

돈을 제대로 벌고 싶다면

돈을 '제대로' 벌기 위해서는 목표가 분명해야 한다. 너무 당연한 얘기 같지만, 여기에는 하나의 전제가 붙는다. 바로 '제로 스트레스'다. 일을 하면서 스트레스를 아예 안 받는 것은 거의 불가능에 가깝겠지만, 돈과 스트레스 중 하나를 포기해야 한다면 되도록 돈을 포기하는 것이 좋다는 뜻이다. 스트레스는 곧 병을 불러오기 때문이다. 스트레스가 만병의 근원이라는 말이 괜히 있는 게 아니다. 돈과 스트레스 중 돈을 선택한다면, 그렇게 얻은 돈의 대부분을 치료와 회복에 쓰게 될 것이다.

어쩌면 나도 일 때문에 암을 얻었다. 내가 만약 부잣집 아들이어서 일하지 않고도 돈을 벌 수 있었다면 아마 암을 피해갔을지도 모르겠다. 말처럼 쉽지 않겠지만, 좋아하는 일을 하는 게 첫 번째다. 좋아하는 일을 하면서 돈을 많이 벌 수 있다면 더할 나위 없이 좋겠지만, 이 역시 쉬운 일은 아니다. 그러나 좋아하는 일을 하면서 돈을 벌어야 장기적으로는 '제대로', 그리고 '많이' 벌 수 있다.

어떤 사람이 전혀 소질도 없고 관심도 없는 유통업을 한다고 치자. 잘 모르는 분야고 재미도 없지만, 돈이 좀 벌리니까 꾹꾹 참으며 계속 이어나간다고 치자. 처음에는 돈 모으는 재미에 푹 빠져 어떠한 위험도 감지하지 못할 것이다. 스트레스를 받아도 그게 스트레스인지 모를 것이다. 그렇게 1년, 2년 시간을 보내다 보면 어느 날 몸과 마음이 하나씩 고장 나고 있었다는 걸 알게 된다. 나의 경우 그게 너무 늦게, 그리고 한 방에 찾아왔다.

자신이 좋아하는 일을 하면 아무래도 스트레스가 덜할 수밖에 없다. 자신에게 꼭 맞는 일을 찾는 게 우선이 되면, 돈은 자연스레 따라오게 되어 있다. 돈을 우선시하지 않아야 나중에 돈이 따라온다는 말이 될 수 있는데, 이는 필사즉생(必死即生) 필생즉사(必生即死)의 의미와도 바꾸어 헤아릴 수 있다. 좋아하는 일이었는데 밥벌이가 된 순간 흥미를 잃게 되었다고 말하는 사람들은 그 직업을 '덜' 좋아해서 그렇다. 덜 좋아하면 조금만 스탠스가 달라져도 바로 실증을 느끼게 된다. 무슨 수를 쓰든 자신이 진정으로 좋아하는 일을 찾길 바란다.

당신은 이미 충분히 강한 사람입니다

나는 사업가이기에 아무래도 사업 얘기를 할 수밖에 없는데, 유니클로 등의 '스파 브랜드'를 예로 들어보겠다. 저렴하고 가성비가 좋은 이미지를 갖고 있는 스파 브랜드는 싸다고 해서 원단이 싸구려인 것은 아니다. 하나 살 거를 두 개 사고, 두 개 살 거를 세 개 사게 만든다. 이것은 엄청난 전략이다. 음식 장사든 옷 장사든 '그 집 괜찮아'라는 말이 도는 순간 마케팅을 따로 할 필요가 없다.

흔히 블루오션과 레드오션 얘기를 많이 하는데, 이를 다른 말로 하면 '넘버 원'이냐, '온니 원'이냐의 차이다. 나는 넘버 원도, 온니 원도 이제는 별 의미가 없다고 생각한다. 오직 '스페셜 원'만이 살아남는 시대가 왔다. 사업가들이 똑똑해진 만큼 소비자들도 똑똑해졌다. 특별한 무언가가 없으면 그만큼 경쟁하기 힘든 시대라는 것이다. 이 특별함을 기저에

당신은 이미 충분히 강한 사람입니다

깔고, 맛이든 품질이든 가격이든 소비자의 니즈에 맞춘다면 십중팔구는 성공할 것이다.

조금 매정하게 들릴 수도 있지만 그래서 '잘하는 것', '좋아하는 것'을 해야 한다. 한 우물만 파서 성공하는 시대는 지났다. 적성에 맞지 않고 하기 싫은 일로 돈을 번다고 해도 롱런하기 힘들뿐더러 인생 전체를 놓고 봤을 때 그리 유의미한 결과를 만들어 내기 어렵다. 엉뚱한 땅을 지속적으로 파면서 이게 마치 '성실한 삶'인 것처럼 소중한 인생을 낭비하는 일이 없어야겠다.

돈을 제대로
쓰고 싶다면

당신은 이미 충분히 강한 사람입니다

'버는 것도 중요하지만, 쓰는 게 더 중요하다'라는 말을 많이 들어봤을 것이다. 올바른 소비의 실천은 사실 매우 어렵고 까다롭다. 돈의 규모든 방향성이든 남들보다 '조금 더' 가진 자로서 바람직한 소비에 대해 곰곰이 생각해보았다. 나는 경험을 토대로 소비 패턴을 정리하는 편이다. 이런 소비도 해보고 저런 소비도 해보면서 소비 루틴을 형성해가는 것이다. 나에게 가장 합리적이고 알맞은 소비가 무엇인지 알기 위해서는 규정화된 틀을 만드는 게 중요하다.

소비는 특별한 경우를 제외하고는 '시간'을 함께 데리고 간다. 대상을 탐구하고 연구하는 데 시간을 들여야 하는데 대부분의 사람들은 '돈의 액수'에만 치중하는 경향이 있다. 유튜브를 처음 시작할 때 인터넷 사이트에서 8천 원짜리 마이크를 하나 구매했다. 가장 싼 마이크였고, 마이크에 대해 잘 몰랐기 때문에 '거기서 거기'라는 생각을 했다. 싼 맛에 샀지만 유선이다 보니 항상 옷에 부착해야 하는 번거로움이 있었고, 싼 만큼이나 출력도 좋지 않았다. 나는 그 마이크로 자그마치 100편에 가까운 영상을 찍었다.

그다음에는 무선으로 된 3만 원짜리 마이크를 샀다. 잡음 제거 기능이 없어 두어 편 찍다가 다시 10만 원대로 바꾸었다. 이 정도면 됐겠지 했는데, 이번에는 습기에 아주 취약했다. 애를 먹고 찍은 해외 촬영분까지 날려 먹고 '생각이 짧았구나' 하며 탄식했다. 결국 해당 사이트에서 가장 비싼 60만 원짜리 마이크를 주문했다. 결론적으로 보면, 처음부터 이 마이크를 샀다면 불필요한 시행착오를 줄일 수 있었을 것이다.

당신은 이미 충분히 강한 사람입니다

중국의 한 회사는 자신들이 만든 마이크를 65만 원에 팔았다. 무슨 깡으로 그 값을 받는지 의아했는데, 언젠가부터 우리나라 유튜버의 절반 이상이 그 마이크를 쓴다는 걸 알게 되었다. 드론을 개발하는 회사인데, 어쨌든 음질 하나는 보장이 되는 모델이었다. 유선 마이크보다 더 좋다면 어느 정도의 품질인지 예상이 될 것이다. 나는 전략적인 판단을 하지 못했다. 마이크에 대한 가격에만 신경을 쓰고, 마이크가 가져다줄 기회나 가치 창출에 대해서는 전혀 생각하지 못했다.

그렇다고 반드시 처음부터 비싼 제품을 사야 하는 건 아니다. 위에서 말한 '마이크 소동'은 마이크가 지닌 밸류에이션을 고려한다면 비싸고 품질이 좋은 제품을 사용하는 것이 옳았다는 것이다. 이해를 돕기 위해 지난 얘기를 좀 더 해야 될 것 같다. 돈을 좀 벌기 시작할 때 명품 옷을 사 모은 적이 있다. 명품을 한 번 입기 시작하니 왠지 매일 입지 않으면 안 될 것 같다는 생각이 들어 꾸준히 구매했다. 그러다 한 번은 지인이 장난으로 구해준 이미테이션 옷을 입었는데 사람들은 이마저 진품으로 여겼다. '짝퉁'이라고 말을 해도 믿지 않았다.

그동안 왜 그리 명품 옷을 고집했는지 이해가 되지 않았다. 돌이켜보면, 불안 때문이었던 것 같다. 이걸 입지 않으면 뭔가 격이 떨어져 보일 것 같다는 이상한 불안감 말이다. 명품을 입는다고 해서 사람이 명품이 되는 건 아니다. 다시 말해, 사람이 명품이 되어야 한다. 사람이 명품이 되면 뭘 입어도 명품이 된다. 더불어 자신감이 있고 자존감이 높으면 굳이 명품을 입을 필요도 없고 관심이 가지도 않는다. 합리적인 소비를 하기 위해서는 이러한 경험치도 필요하다. 명품을 한 번도 입어본 적이 없으면서 무조건적으로 명품을 헐뜯고 손가락질해서는 안 된다는 얘기다.

결국 돈을 제대로 쓰고 싶다면 명품 옷의 '구매'를 논하기 전에 그 가치를 먼저 알아야 한다. 반팔 티한 장에 100만 원을 받는 이유를 생각해야 한다는 것이다. 그들의 전통과 장인 정신, 신념과 고집 등을 파악한다면 똑같은 명품 옷이라 할지라도 그 의미가 달라진다. 그러한 고민과 경험들이 모일 때 비로소 돈을 어떻게 해야 제대로 쓸 수 있는지 알게된다. 비싸게 사야 할 건 비싸게 사고, 싸게 사야 할건 싸게 사는 등의 '구매 균형'을 갖출 수 있다는 것이다. 애플의 스티브 잡스나 페이스북의 마크 저커버그가 돈이 없어서 단출한 차림을 고수하는 게 아니다. 그들에게 치장이나 겉치레보다 더 중요한 것

당신은 이미 충분히 강한 사람입니다

은 다름 아닌 시간과 에너지다.

효율적인 삶이 주는 풍요로움은 생각보다 크다. 여기에는 '소비'도 포함된다. 돈을 잘 버는 것, 잘 모으는 것도 중요하지만 그보다 중요한 건 '잘 쓰는 것'이다.

나는 당신의 1년을
100억에 사고 싶다

당신은 이미 충분히 강한 사람입니다

6개월 시한부 선고를 받은 직후부터 시간이 압축되어가는 것이 피부로 느껴졌다. 100세 시대에, 적어도 50년 이상은 남았다고 생각했기에 더욱 그랬다.

'어쩌면 다음 계절을 볼 수 없겠구나….'

다음 계절이 가을이라면 잠자리를 볼 수 없을 것이고, 다음 계절이 겨울이라면 첫눈을 볼 수 없는 상황에 직면한 것이다. 그동안 낭비하며 의미 없이 마구 흘려보냈던 시간이 너무 아까웠다. 그러면서 '남은 삶을 돈으로 살 수 있다면 과연 얼마를 쓸 수 있을까?' 하는 생각까지 하게 되었다. 작고하신 우리나라 굴지의 대기업 회장이라면 아마 1년이 아닌 하루를 100억에, 아니 1,000억에 살 수도 있을 것 같았다. 1,000억 이상의 가치를 지닌 하루라면 과연 그 하루를 어떻게 보내야 할까?

아마 죽음을 기다리는 모든 사람들이 동일한 마음일 것이다. 시간을 허투루 쓴다는 건 시간의 낭비에 국한되지 않는다. 더 많은 돈과 더 많은 기회를 동시에 놓치기 때문이다. 그저 그런 하루, 그저 그런 한 달, 그저 그런 1년이 모이고 모여 '그저 그런 사람'을 만든다. 흔히 말하는 '성공'과 '실패'가 여기에 달려 있다. 24시간이라는 '하루의 시간'도 결국 인간들끼리의 약속인데, 이 시간은 무언가를 도전하기에 부족하면서도 충분한 시간이다. 결과를 얻을 만큼의 여유는 없을지언정 도전 자체에 있어서는 부족함이 없다.

나이가 많든 적든, 상황이 어떻든, 시간은 동일하게 주어진다. 그리고 누군가에게는 아침에 눈을 뜨고 새로운 하루를 맞이하는 평범한 일상이 금은보화보다 귀할 수 있다. 영국의 슈퍼카 제조사인 맥라렌의 창업주 브루스 맥라렌은 '사람은 수명의 길고 짧음이 아니라 그가 이룬 성취에 의해 평가된다'고 말했다. 백 년을 넘게 사는 사람이 드물긴 해도 '장수' 자체만으로 그를 떠받들거나 추대하지는 않는 이유다.

나는 맥라렌, 페라리, 람보르기니 등 웬만한 스포츠카는 다 타보면서 슈퍼카의 메커니즘과 디자인을 사업에 차용하려고 애썼다. 창업자들의 이름이 어떻게 브랜드명이 되었는지, 그들의 열정과 고집, 열망의 크기를 가늠하고 싶었다. 수억 원이 넘는 차들을 몇 년씩 기다려 구매하는 고객들의 심리를 내 사업

당신은 이미 충분히 강한 사람입니다

에 대입하고 싶었고 이를 스크린 골프에 활용, 결국 내 이름으로 브랜딩된 크리스월드까지 만들게 되었다. 가령 여러분이 5억 원이 넘는 슈퍼카를 산다면, 그 자동차가 여러분의 물질적 욕구를 채워줄 순 있어도 또 다른 가치를 창출해주진 않는다는 것을 기억해야 한다. 무엇보다 그 5억 원이라는 금전적인 가치는 시간이 지날수록 점차 떨어질 뿐, 상승하지 않는다. 중요한 건 가치관이며, 그보다 중요한 건 그 가치관을 잘 활용할 수 있는 물리적인 시간이다.

내가 이 땅에
남기고 싶은 것들

당신은 이미 충분히 강한 사람입니다

운동선수는 기록을 남기고 소설가는 작품을 남기고 건축가는 건물을 남긴다. 이를 개인의 헤리티지 Heritage라고 한다면 나는 암에 굴복하지 않았던 한 사람으로서의 발자취를 남기고 싶었다. 앞에서 잠깐 언급했지만 나라는 사람의 과거, 혹은 흔적이 하나의 귀중한 자료가 되어 이를 통해 많은 아픈 자들이 희망과 용기를 얻었으면 하는 것이다. 조선 시대의 최고 부자가 누구였는지 기억하는 사람이 있을까? 기억하는 사람이 있다면 그는 아마 동시대를 살았거나 그 바로 다음 세대를 살다 간 사람일 것이다. 돈이 아무리 많아도 그가 가진 자산의 규모로 그를 기억하는 사람은 없다. 있다고 해도 시간이 좀 흐르면 결국 다 잊히고 만다.

연간 2만 대를 생산하는 페라리의 시총은 국내 자동차 회사의 몇 배를 웃돈다. 페라리의 상장 코드는 놀랍게도 'RACE'이며, 자동차 경주를 위해 페라리를 만든 창업주 엔초 페라리의 신념이 고집스럽게 남아 있음을 알 수 있다. 나는 내 사업을 그렇게 만들고 싶다. '죽음을 앞둔 나'에겐 '죽어서도 남을 회사'가 필요한 것이다.

우리는 신사임당을 시와 그림에 능한 예술가이자 율곡 이이의 어머니로 기억한다. 5만 원권 도안 인물로 선정될 만큼 위인의 반열에 오른 인물이지만, 그의 재산에 대해 떠드는 사람은 아무도 없다. 물론 무언가를 남기는 것이 의무는 아니다. 그러나 이왕이면 의미 있는 사람으로 기억되면 좋지 않을까? 나는 말기 암 환자로서 암에 걸리지 않은 일반인들과 크게 다르지 않은 삶을 살았다. 어떠한 핸디캡도, 패널티도 없었다. 아프다고 해서 특별 대우 같은 것은 애초에 바라지도 않았다. 동등한 조건에서 경쟁

했으며, 동등한 조건에서 이뤄냈다. 내 삶을 요약하자면 '생존의 시간을 거의 필드에서 보내고자 했던 고군분투기'라고도 볼 수 있다.

무슨 철학적인 얘기를 하려는 것이 아니다. 내가 살아야 했던 이유는 단지 '곧 태어날 아이'였고, '사업의 성공'이었다. 이 이유들이 무색해지지 않도록 치열하게 살았다. 그리고 그 기록을 영상으로 하나씩 남기기 시작했다. 이 영상들이 모이고 모여 하나의 큰 희망의 불꽃이 될 수 있을 거라 확신한다. 이러한 활동들이 쉬웠다고 말하면 거짓말이다. 비환자도 살기 힘든 삶을 계속 이어간다는 것은, 그리고 그 삶에서 뭔가를 꾸준히 이루어 간다는 건 일반적인 정신력으로 감당할 수 있는 일이 아니다. 그렇게 나는 미쳤었고, 지금도 미친 사람처럼 살고 있다. 지독한 '독기'가 없었다면 병마와 매일 대면할 수 없

당신은 이미 충분히 강한 사람입니다

었음을 고백한다.

내 가족들이, 친구들이, 동료들이, 나아가서는 이 책을 읽는 모든 사람이 나를 보며 희망을 얻길 바란다. 특히 암 등의 큰 병을 얻은 이들은 나의 개인적인 기록들을 통해 의지를 다져 나갔으면 좋겠다. 바로 이것이 지극히 개인적인 나의 희망이자 바람, 그리고 유산이다.

내가 만든 여러분의 세계,
크리스월드

당신은 이미 충분히 강한 사람입니다

아는 분들은 다 알겠지만 나는 경기도 가평에서 '크리스월드'라는 제법 큰 규모의 종합 캠핑장을 운영하고 있다. 워터파크, 수상레저, 글램핑, 카라반 등을 기반으로 하는 하나의 작은 세상이라고 볼 수 있다.

나에게 크리스월드는 또 하나의 도전이자 승부였고, 어쩌면 암 치유에 대한 '골때리는 해결책'이었다. 보통 암 환자들은 치유를 목적으로 자연으로 많이 들어간다. 나는 치유와 사업, 두 마리 토끼를 동시에 잡기 위해 크리스월드를 만들었다. 여러분을 위한, 동시에 특히 나를 위한 공간인 셈이다. 평소 리조트, 레저 쪽에 관심이 많았고 물을 좋아했던 터라 비교적 즐겁게 시작할 수 있었다. 암이 발병하지 않았다면 크리스월드는 아마 나의 상상 속에서만 존재하는 미지의 세계가 되었을지도 모른다.

크리스월드는 내가 그간 해오던 사업과는 그 성격부터 달랐다. 휴양과 즐길 거리를 찾아온 손님들이 대부분이었기에 웃음소리가 끊이지 않았으며, 늘 행복이 넘쳐났다. 그러한 손님들의 모습을 통해 나는 알게 모르게 조금씩 치유받았다. 사업은 으레 스트레스를 동반한다. 세금, 영업, 거래처, 임대료, 수금, 직원 문제, 상권 등등 신경 써야 할 것들이 한두 가지가 아니다. 크리스월드는 사업으로부터 오는 각양각색의 스트레스로부터 나를 해방시켜 주기에 충분했다. 물론, 사업은 사업이다 보니 적당한 스트레스는 늘 있지만 말이다.

이곳은 비환자에게도 환상적인 공간이지만 환자에게는 그야말로 꿈의 세상이다. 도시를 벗어나 온전히 휴양하고 요양하기에 이만한 곳이 없다. 이곳의 대표이기 전에 환자이기에 더욱 자신 있게 얘기

당신은 이미 충분히 강한 사람입니다

할 수 있다. 먹고 마시고 쉬고 즐기다 보면, 정신적으로도 육체적으로도 완전한 '쉼'에 이를 수 있을 것이다. 폐쇄적인 요양병원 같은 데서 무료하고 따분하게 시간을 보낼 바에는 이런 곳에 와서 정서적인 여유를 경험해보는 것도 제법 괜찮은 선택이 될 거라 확신한다.

2025년, 크리스월드는 모 기업과 파트너십을 맺고 국내 최대 관광지인 남이섬과 크리스월드를 잇는 새로운 루트를 열었다. 고객들에게 더욱 다채롭고 풍성한 경험을 제공할 수 있게 된 것이다. 이러한 사업 확장은 MZ세대뿐 아니라 외국인 관광객에서도 차별화된 콘텐츠로 다가설 것으로 기대하고 있다. 물론, 이 또한 사업이기에 수익이 중요하다. 그러나 불가능하다고 여겼던 일들을 하나씩 실현해나가는 것에 나는 더 큰 의미를 두려 한다.

아직 구체화하지는 않았으나, 조금 더 공익적인 목적으로 사용하고 싶은 생각도 있다. 그렇게 되면 지금보다 의미 있는 비즈니스가 될 거라는 기대도 크다. 분명한 건 여전히 많은 이들이 이곳에서 즐거움을 나누고, 그들을 통해 내가 좋은 에너지를 받고 있다는 것이다.

당신은 이미 충분히 강한 사람입니다

Chapter 4.

당신이 알아야 할 삶의 공식

몸과 마음이 병든
이들을 위한 삶의 공식

삶에는 저마다의 공식이 있다. 연예인은 연예인의 삶이 있고, 공무원은 공무원의 삶이 있다. 학생은 학생의 삶이 있고, 교사는 교사의 삶이 있다. 그리고 그 모든 삶에는 각자가 추구하는 삶의 방식과 패턴이 존재한다. 내가 여느 환자들과는 다른 삶을 살았다고 해서 나의 방식이 일반화될 수는 없으며, 이것만이 '최선의 삶'이라고도 볼 수 없다.

요양병원 누워 여생을 편안하게 보내는 것, 다시 일상으로 복귀해 여러 가지 일을 해나가는 것, 나에게는 이렇게 두 개의 선택지가 있었다. 둘 중 무엇이 더 좋다고 말할 수는 없겠지만 어쨌든 선택은 나의 몫이었다. 편안히 침대에 누워 좋은 음식을 먹고, 충분히 치료받으면서 여생을 보낸다면 몸이야 편안하겠지만 어쩐지 그러고 싶지 않았을 뿐이다. 그래서 나는 후자를 택했다. 한편으로는 '내가 너무

과한가?' 하는 생각이 들 때도 있었다. 일반인의 삶

을 넘어 거의 철인처럼 살았기 때문이다.

당신은 이미 충분히 강한 사람입니다

그래서 환자로 판명이 나면, 조율과 타협이 굉장히 중요해진다. 일반인으로 살아가는 게 무조건 옳다고 볼 수 없고, 병실이나 침대에서 여생을 보내는 게 무조건 옳다고 볼 수도 없다. 실질적으로 치료와 일상생활을 동시에 하는 건 직장에 다니면서 야간 대학에 다니는 것처럼 힘든 일이다. 그래서 타협이 필요하다. 일을 놓지 않겠다고 해서 치료를 등한시하고 일에만 매달려서도 안 되고, 환자로 살다 가겠다고 해서 산송장처럼 지내서도 안 된다는 것이다. 10년이 지난 시점에서 생각해보면 이 균형이라는 것을 유지하는 건 정말 힘든 일인 것 같다.

비율로 따지만 나는 치료에 1, 일에 9의 에너지를 썼다. 요즘 말로 '밸붕(밸런스 붕괴)'이었다. 꼭 받아야만 하는 항암이나 방사선 치료는 받았지만, 그 밖의 치료들은 자연적으로 치유되길 원했다. 긍정적인 생각을 했고, 스트레스를 줄여나갔다. 내가 만약 침대에만 누워서 10년을 보냈다면 내 삶의 궤적을 글로 표현하고 책을 낼 생각은 감히 하지 못했을 것이다. 내가 조금씩 수집한 데이터에 의하면, 어떻게 해서든 일을 하는 경우보다 일하지 않고 누워만 있을 때 사망률이 훨씬 높았다. 과학적으로 정확하게 밝혀진 바는 없으나 아마 생존의 의지에 따른 영향이 적지 않을 것으로 보고 있다.

모순적인 말이긴 하나, 적절한 긴장감과 스트레스도 중요하다. 생활은 한번 느슨해지기 시작하면 한도 끝도 없이 완만해진다. 그 완만함이 불러올 유약함을 경계할 필요가 있다.

당신은 이미 충분히 강한 사람입니다

타인의 감정 따윈
몰랐던 내가

나는 지극히 개인주의 성향에다 남에게 별로 관심이 없었다. 적어도 아프기 전까지는 말이다. 내 멋에 살았고, 주관도 강한 편이었다. 좋게 말하면 불필요한 오지랖 같은 게 없었고, 나쁘게 말하면 공감 능력이 부족했다고도 볼 수 있을 것이다. 다른 사람의 감정을 헤아리는 일에 능숙하지 못했고 그럴 필요성도 별로 느끼지 못했는데, 그렇게 살아도 불편한 게 없었다. 아프지 않았다면 아마 지금도 여전히 그렇게 살아가고 있을 것이다. 더 큰 의미로 본다면, 삶을 대하는 관점 자체가 완전히 달라져 버렸다. 죽음을 기다리면서 수많은 감정이 내 안에서 요동치는 것을 느꼈고, 이 마음을 누군가가 알아주길 바랐다.

'아, 누군가도 자신의 감정을 이해해주길 바라겠구나…'

당신은 이미 충분히 강한 사람입니다

그때부터 타인의 소소한 감정 변화, 표정들을 읽어나가기 시작했다. 그들의 이야기를 귀 기울여 듣게 되었고, 깊이 공감하며 이해할 수 있게 되었다. 어쩌면 암이라는 것이 나에게 아픔과 고통만 준 게 아니라 주위를 둘러보는 정서적인 여유를 같이 주었는지도 모르겠다. 예전에는 사업과 돈 같은 것들이 삶의 큰 부분을 차지했는데, 그런 것들은 하나의 단순한 프로세스일 뿐 삶을 통찰해 나가는 데 큰 깨달음을 주지는 못했다. 역지사지라 했던가. 살면서 처음으로 타인의 입장이 되어 보면서 역시 인간은 더불어 살아가는, 더불어 살아가야만 하는 존재임을 새삼 느낄 수 있었다.

당신은 이미 충분히 강한 사람입니다

더 건조하게 얘기하자면, 나는 다른 사람의 형편이나 감정 따윈 모르고 살았다. 죽음을 앞둔 몇몇 사람들이 느지막이 종교를 갖는 것처럼 나도 죽음을 통보받고 나서야 그들의 목소리에 조금씩 귀 기울이게 되었다. 사람은 쉽게 변하지 않는다지만 죽음 앞에서는 장사가 없는 모양이다. 아무래도 약해지고, 아무래도 겸허해진다.

　그 밖의 이유는 없었다. 암은 나의 신체뿐만 아니라 정신적인 부분을 송두리째 바꾸어놓았다. 타인의 죽음을 옆에서 직접 목격하면서, 나에게도 닥쳐올 죽음을 좀 더 구체적으로 이해하고 싶었다. 그러기 위해서는 그들의 마음을 조용히, 그리고 완전히 이해하는 시간이 필요했다. 나는 나와 같은 암종의 환자들을 일부러 찾아다녔다. 그들의 치료 과정을 거들떠보며 더러는 임종을 지켜보기도 했다.

몇 해 전, 나와 투병을 같이 하던 동년배들이 차례로 세상을 떠나는 것을 목격했다. 이를테면 암이 사람을 죽이는 전 과정을 두 눈으로 본 것이었다. 암에 걸리면 가장 먼저 장기 기관에 심각한 문제가 발생한다. 그렇게 되면 섭식부터 배변에 이르기까지 전방위적인 문제에 노출된다. 그야말로 모든 내장 기관이 그 기능을 상실하는 것이다. 그 과정을 지켜보면서 나는 좌절하기보다는 오히려 의욕을 더 불태웠다. 무감정으로 여태껏 살아온 내가 감정의 흐름을 느끼게 된 것이다. 죽는 게 두렵다는 친구에게 이유를 물었더니 이렇게 말했다.

　"아무도 나를 기억하지 못할까 봐."

　이것이 그 친구의 마지막 말이었다. 체중이 줄고, 머리카락이 다 빠지고, 먹는 족족 토를 했지만, 그보다 더 두려운 건 자신의 존재에 대한 '잊힘'이었다. 결국, 나에 대한 연민이 기초가 되어 그게 타인에 대한 연민으로 바뀌어 갔다. 나에 대한 이해는 곧 그 친구에 대한 이해였으니까…. 생각해보면 나는 조금은 못된 사람이었다. 찔러도 피 한 방울 안 나올 것 같은 차갑고 냉정한 사람이었다. 아프고 나서부터 착해졌다는 말이 좀 우습고 이상하게 들릴 수도 있지만 어쨌든 나는, 그렇게 점점 변해갔다.

대학병원에 30분만
서 있으면 알게 되는 것

당신은 이미 충분히 강한 사람입니다

앞서 했던 대학병원 얘기를 좀 더 구체적으로 해 보려 한다. 환자의 입장이든, 보호자의 입장이든 대학병원에 가본 사람들은 대부분 느꼈을 것이다. 이곳에 오지 않은, 오지 않아도 되는 사람들이 얼마나 부러운지를. 신촌 세브란스는 다들 알다시피 연세대학교 바로 옆에 있다. 그래서 캠퍼스를 오가는 학생들을 어렵지 않게 볼 수 있는데, 나는 그 학생들이 그렇게 부러웠다. 친구들과 먹고, 마시고, 웃고, 떠들고, 공부하는 그들의 삶이 미치도록 부러웠다.

의사들도 부러움의 대상이었다. 적어도 자신의 가족들은 최우선으로 돌보고 챙길 수 있을 거라는 생각 때문이었다. 왠지 모르게 의사의 가족들은 병원에서도 특별 대우를 받을 것만 같았고, 그것이 주는 정서적인 안정감이 정말로 부러웠다. 설령 그것이 복지의 차원이라고 해도 말이다.

그러니까, 이런 거다. 아픈 사람들이 가장 부러워하는 사람은 부자도, 유명인도 아니다. 그저 아프지 않은 사람이다. '건강이 최고'라는 말이 괜히 있는 게 아니다. 현금 1,000억이 있어도 아프면 그게 다 무슨 소용일까. 진부한 얘기지만, 아무리 많은 돈도 건강을 잃으면 한낱 종이 쪼가리에 불과하다.

당신은 이미 충분히 강한 사람입니다

우리 같은 일반인들이 암센터나 대학병원에서 얻게 되는 건 단지 부러움뿐만이 아니다. 1시간, 아니 30분만 서 있어도 삶을 바라보는 관점과 태도가 완전히 바뀌게 된다. 그게 좋은 쪽이든 나쁜 쪽이든 말이다. 살다 보면 힘든 날도 있다. 어쩌면 힘든 날이 훨씬 더 많을 수도 있다. 그럴 때 그냥 대학병원에 가서 주위를 둘러보았으면 좋겠다. 그러면 자신이 얼마나 행복하고 평온한 삶을 살고 있는지 금방 깨닫게 될 것이다. 타인의 불행을 보면서 행복을 느끼라는 얘기가 아니다. 그동안 모르고 살았던, 그동안 잊고 살았던 삶의 다채롭고 아름다운 요소들을 다시금 되새겨 보라는 얘기다.

대학병원은 늘 분주하고 늘 붐빈다. 학교나 전철역의 부산함과는 또 다른 형태이다. 아픈 사람들이 이렇게나 많구나, 하며 탄식할 정도다. 검사를 기다리는 사람들, 검사 결과를 기다리는 사람들, 수술 일정을 기다리는 사람들 등 직원들을 제외하면 크게 몇 가지 부류로 나눌 수 있는데 대부분은 무언가를 '기다리는' 사람들이다. 몇 날 며칠이고 차례가 올 때까지 기다려야만 하는 이들의 무기력한 모습은 때로 숭고하기까지 하다. 그중에는 죽음을 기다리는 사람들도 있을 것이다. 고통은 지극히 상대적이고 개인적인 범주의 것이라 경중을 따지기가 어렵지만, 적어도 여러분은 그들이 직면한 생사의 '불분명함'에 놓여 있지는 않다.

특히 암 환자의 경우, 항암 치료나 방사선 치료 등 돈과 의술로는 한계가 있는 치료법과 마주해야 하기에 금전적인 문제를 차치하더라도 그 고통은 이루 말할 수가 없을 것이다. 불가항력적인 문제와 기약 없는 사투를 벌이는 그들의 입장을 조금이나

마 이해한다면, 여러분이 생각하는 여러 개인적인 문제들이 조금은 가벼이 느껴지지 않을까 싶다.

삶에서 고통은 빼놓을 수 없는 요소다. 어차피 안고 가야만 하는 것이라면 그것에 대한 정신적인 대비 또한 필요하다. 생활고, 신변 비관 등의 이유로 극단적인 선택을 하는 사람들이 늘고 있는 것도 고통에 대한 대비가 미진한 탓이다. 누구는 하루라도 더 살고 싶어 하는데, 누구는 하루라도 더 빨리 죽으려 하는 이 아이러니가 답답할 때가 많다. 노력해서 되는 것과 싸우는 사람들이 있는가 하면 노력으로도 안 되는 것과 싸우는 사람들이 있다. 이 책을 접하는 대부분의 독자가 전자에 속할 텐데, 승산이 없는 게임에서 0.00001%의 희망을 붙잡고 악전고투하는 이들의 모습은 여러분에게 전혀 새로운 삶의 지평을 열어줄 것이다.

당신은 이미 충분히 강한 사람입니다

일반인이 소유한
'일반'이라는 행복

세상에 암 환자가 나만 있는 것도 아닌데, 마치 대단한 깨달음을 얻은 것처럼 말해서 멋쩍은 구석이 있지만, 부디 이해해주길 바란다. 세상에는 보통의 삶을 살아가는 게 얼마나 큰 축복이고 행운인지 모르는 사람들이 여전히 많다. 나도 암에 걸리지 않았던 이전의 삶의 그리 행복했다고는 말할 수 없다. 늘 일에 치여 살았고, 인간관계에 치여 살았다. 돈이 좋았고, 돈으로 누릴 수 있는 것들이 좋았다. 그래서인지 돈으로부터 오는 구속도 많았다. 만약 암을 얻지 않았다면, 높은 확률로 그때 그 모습을 그대로 간직하며 살고 있을 것이다.

돌이켜보면, 아프기 전까지는 행복하고 감사한 일들뿐이었다. 건강했고, 사업도 꽤 잘 됐고, 사는 데 별로 부족함이 없었다. 그 사실 자체만으로도 이미 충분한 것들이었다. 그때는 그게 행복인지 몰랐지

당신은 이미 충분히 강한 사람입니다

만 말이다. 보통의 삶을 당연하게 여겼으며, 오히려 더 못 가져서 안달이었다. 돈이 있어도 늘 불충분하게 느꼈고, 좋은 사람들이 곁에 있었지만 그들에 대한 고마움을 미처 알지 못했다.

암 선고를 받고 나서 비소로 모든 고통이 눈 녹듯 사라졌다. 이유는 간단하다. 이보다 큰 고통은 없었고, 앞으로도 없을 것이기 때문이었다. 예컨대 잘되던 사업을 하루아침에 말아먹고 길거리에 나앉은 사람이 좁은 원룸 앞에서 불평할까? 대부분은 감지덕지하며 재기를 꿈꿀 것이다. 차가운 길거리보다는 아무래도 좁은 원룸이 낫다는 얘기다. 고통은 대개 욕심에서 파생된다. 일반인들이 안고 있는 고통도 마찬가지다. 자산을 지키거나 불리고 싶은데, 그게 잘 안 돼서 고통스러운 사람은 욕심을 버리는 순간 고통도 함께 사라진다. 다시 말해, 이러한 것들은 '선택'할 수 있는 고통이다.

  자칫 무책임한 말로 들릴 수도 있지만 포기하면
편하다. '포기'라는 단어가 가진 부정적인 뉘앙스만
보지 말고, 긍정적인 뉘앙스도 잘 활용했으면 좋겠
다. x는 방정식을 구성하는 가장 중요한 요소이자
변수이며, 이 변수를 빼면 제로가 된다. 무(無)의 상
태가 된다는 얘기다. 일반적인 고통은 고통의 요소
를 제로로 만들면 그만이지만, 암 따위의 병이 주는
고통은 제로로 만들 수도 없고 제로로 만든다고 해
도 이 식을 변화시킬 요소가 아무것도 없다. 이 계
산법을 삶에 대입하지 못해 어려움을 겪고 있다면,
한 번쯤은 시도해보길 바란다.

  행복이 사실 뭐 대단한 것이 아니다. 좋은 집에 살
고, 좋은 차를 끌고, 좋은 음식을 매일 먹는 것이 행

당신은 이미 충분히 강한 사람입니다

복일 수 있지만, 심신이 건강하지 않다면 결국은 다 부질없는 것들이다. 진짜 행복은 건강한 정신과 건강한 육체에 깃들기 마련이다. '건강'의 기준은 저마다 다르겠지만 내가 말하는 건강은 그야말로 보편적 건강이며, 우리가 일반적으로 생각하는 범주를 크게 벗어나지 않는다. 그리고 그것을 여러분은 이미 가졌다.

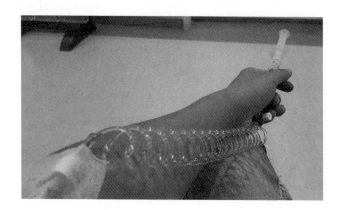

당신은 이미 충분히 강한 사람입니다

나는 입원 당시 병원 앞 벤치에 앉아 주로 시간을 보냈다. 주렁주렁 달린 링거와 콧줄(비위관) 없이 그냥 멍하니 앉아 있는 것만으로도, 거리의 사람들과 푸른 하늘을 쳐다볼 수 있는 것만으로도 마냥 행복했다. 아프기 전에 이 정도의 행복감을 느끼려면 최소한 사업적으로 엄청난 계약을 따내야 했다. 따뜻한 봄날에 환자복을 입고 나와 내리쬐는 볕을 받고 있으면 그게 그렇게 행복할 수가 없었다. 예전에는 볕을 받는 기분이 뭔지도 몰랐다. 그 따스한 기운을 체감하지 못했다는 것이다. 서걱서걱 잎사귀들끼리 몸을 부딪는 소리, 시시콜콜 떠드는 사람들의 말소리, 허리를 제대로 펴지 못해 구부정하게 앉아 세상의 온갖 소리를 듣는데 행복해서 눈물이 날 지경이었다.

'이게 봄이라는 거구나.'

'이번에는 바람이 저쪽에서 불어오네.'

여기저기서 걸려오는 전화 받기 바빠서, 사람들이랑 술 마시기 바빠서, 이 핑계로 저 핑계로 놓치고 살았던 것이 너무 많았다. 작고 사소한 것들에게서 오는 행복이 이렇게 크게 작용할 거라고는 감히 상상조차 못 한 나였다. 반대로 얘기하면 여러분은 지금 그 행복감을 하루에 수십 번, 수백 번을 느끼고도 남아야 한다. 반드시 아프고 난 이후에 느낄 필요가 없다는 것이다. 가장 좋은 시절에, 가장 좋은 것들을 알뜰하게 누리는 여러분이 되었으면 좋겠다.

당신은 이미 충분히 강한 사람입니다

하루의 의미

아침에 일어나면 살아 있는 것,

생각하는 것, 즐기는 것, 사랑하는 것이

얼마나 큰 특권인지 생각해 보라.

When you arise in the morning,

think of what a precious privilege it is to be alive,

to breathe, to think, to enjoy, to love.

— 마르쿠스 아우렐리우스 Marcus Aurelius

　매일 주어지는 '하루'에 대한 의미는 저마다 다를
것이다. 특별한 선물처럼 느껴지는 사람도 있을 것
이고, 매일 반복되는 하루하루가 지겹거나, 재미
없거나, 혹은 고통스러운 사람도 있을 것이다. 나
도 이런 질문을 종종 받곤 한다. 하루가 나에게 어
떤 의미인지, 그 하루가 주는 특별함 같은 게 있는
지….

　　　당신은 이미 충분히 강한 사람입니다

중증 환자라고 해서 '하루'를 특별히 대단한 것으로 여긴다거나 마치 오늘 죽을 것처럼 아등바등 보내지는 않는다. 다만, 나에게 하루는 원래 '없던 것'으로 인식한다. 다시 말해 '내 것이 아닌 것'이다. 나는 언젠가부터 하루를 보너스의 개념으로 인식하고 있다. 가령 오락실 게임기에 동전을 더 넣지 않고도 한 판을 더 할 수 있는, 그런 보너스 말이다. 그래서 나에게 주어지는 하루는 특혜나 특별함이 아닌 단순히 '고마움'의 의미다. 내게 없던, 없어야 했던 것을 아무 조건 없이 내어주는 것이니까.

그전까지 나의 하루는 과몰입의 연속이었다. 일과 사람, 하루의 대부분이 비즈니스를 중심으로 돌아갔다. 그리고 몰입의 끝은 언제나 매몰이었다. 일이 안 풀리면 수단과 방법을 가리지 않고 쫓아가서 어떻게든 해결해야만 발 뻗고 잘 수 있었다. 돈은 많이 벌었을지 몰라도 하루하루를 만끽하며 즐기지는 못했다. 물론, 당시에는 그것에 대한 불만 자체도 크게 없었지만 말이다. 무엇보다 예전에는 '오늘'이 별로 체감되지 않았다. 그저 그런 날들 가운데 하루 였기에, 큰 의미를 두지도 않았다. 아프지 않을 때 나 아플 때나 일하는 것에는 변함이 없지만, 이제는 주위를 조금 돌아볼 줄도 안다. 나를 챙기고, 주변 사람들을 챙길 줄 안다.

당신은 이미 충분히 강한 사람입니다

죽어야만 했던 내가, 죽을 운명이었던 내가 무슨 이유에서인지 지금까지 살아 있고 하루하루를 거저 얻고 있다. 그렇다고 하루에 대한 기대치가 아주 높은 건 아니지만, 적어도 '오늘'을 어떻게 의미 있게 보낼까 하는 작은 의욕은 있다. 사실 치료와 관련된 여러 장치를 몸에 주렁주렁 매달지 않고 이렇게 일반인처럼 보이게(?) 지낼 수 있다는 것만으로 일단 감사하다. 당연히 기본적인 치료는 꾸준히 받고 있고, 앞으로도 계속 받아야 하지만 환자의 입장에서는 이 정도만 되어도 제법 살아갈 만하다.

물론 육체적으로도, 정신적으로도, 사업적으로도 여전히 불편한 것들이 많다. 항암에 대한 후유증도 여전히 남아 있다. 몸이 아프다고 해서 세상이 나만 바라보고 내 위주로 돌아가지는 않는다. 세상은 예나 지금이나 변함이 없다. 여전히 각박하고, 여전히

당신은 이미 충분히 강한 사람입니다

힘들다. 그러니 하루에 대한 의미를 너무 크게 확장하지도, 너무 축소하지도 않길 바란다. 따지고 보면 모든 게 사소하고, 동시에 모든 게 너무나 가치 있기 때문이다. 모든 것은 마음먹기에 달렸다.

'여러분이 환자가 되어 보면 하루의 의미를 더 잘 알 거예요!'라는 낡아빠진 말도 하고 싶지 않다. 그저 자신이 할 수 있는 것과 할 수 없는 것을 구분하자. 그리고 할 수 있는 것이라면 최선을 다하고, 할 수 없는 것은 과감히 내려놓자. 할 수 없는 것을 하기 위해 하루를 낭비하는 것보다는 훨씬 효율적이다. 이왕 주어진 보너스라면 최대한 요긴하게 사용하자는 것이다.

Chapter 5.

안녕, 모든 세상아

신이라는 존재

오래, 깊이 앓아본 사람은 알 것이다. 신, 혹은 신적인 존재가 얼마나 큰 위로와 위안이 되는지…. 종교에 집착하는 환자가 많은 것도 어쩌면 이 같은 이유 때문이다. 지푸라기라도 잡는 심정으로 매달리다 보면 정서적인 안정감이 찾아오고, 죽음에 대한 두려움을 조금이나마 잊게 된다.

나는 소위 말하는 '날라리 교인'이었다. 일요일마다 교회에 출석만 했을 뿐, 이렇다 할 봉사나 기타 활동 같은 것에는 관심이 없었다. 그것을 나무라는 사람도 없었고, 딱히 나무랄 일도 아니었다. 어쨌든 병을 얻고 난 이후부터는 이전의 날라리 교인의 모습을 한 꺼풀 벗을 수 있었다. 말하자면 절대자(혹은 그렇게 믿는)에게 본격적으로 의존하게 된 것이다. 그러다 보니 평일에도 교회에 나가게 되었고, 때로는 이름이 난 목사님들을 찾아가 안수기도를

당신은 이미 충분히 강한 사람입니다

부탁드리기도 했다. 조심스러운 부분이긴 하지만 환자들의 신앙생활에 대해 잠깐 얘기하고자 한다.

종교를 이용하는 사람, 종교에 이용당하는 사람 등 환자의 다양한 모습이 종교 속에 녹아들어 있다. 그중에서도 가장 위험한 사람은 종교를 통해 건강에 많은 변화를 기대하는 사람이다. 누군가의 간증(자신의 종교적 체험을 고백함으로써 신의 존재를 증언하는 일)을 들으며, 그게 자신에게도 일어날 것처럼 믿고 있다가 아무런 변화를 얻지 못했을 때의 상실감은 이루 말할 수가 없을 것이다. 그렇게 다시 신을 원망하며 교회를 떠나는 이들을 수도 없이 보았다.

가장 약해져 있는 시기이기 때문에 올바른 사고를 하기 어렵고, 그렇게 되면 최선의 선택을 하기도 어려워진다. 어쨌든 조금이라도 건강해지기 위해 종

교를 가지는 것일 텐데 되레 건강을 잃는다면 신이
건 종교건 다 무슨 소용이 있겠냐는 것이다. 절실한
만큼 신의 존재를 믿되, 가능한 한 올바른 방식으로
믿는 것이 좋다. 그렇게 되면 종교 활동에 따른 부
작용을 최소화할 수 있다.

　다양한 형태의 믿음이 있겠지만 결국은 어떠한 믿
음도 나쁘지는 않다. 의술이나 의학이 닿지 않는 곳
에 영적인 요소들이 어쩌면 작용할지도 모르는 일
이니 말이다. 신과의 관계 또한 사람과의 관계와 크
게 다르지 않다. 격렬한 시기가 있을 테고, 때로는
소원해지는 시기도 있을 것이다. 나는 신께 매달려
도 보고, 부정해보기도 하면서 그 관계가 좀 더 돈
독해진 케이스다. 선택은 결국 자신의 몫이다. 신과
의 관계를 잘 형성하고 유지하면서 삶이 윤택해지
는 사람이 있는가 하면, 오히려 망가지는 사람도 있

다. 분명한 건, 어떤 믿음이든 믿음 자체가 가진 에너지는 '인간적인' 범주를 까마득히 뛰어넘는다는 것이다.

만약 암 확진을 받은 환자가 '이것도 다 신의 뜻일 거야, 감사하다!'라고 말한다면, 믿음이 없는 자의 시선에서는 울화통이 터질 수도 있다. '신께서 다 알아서 해주십시오'라는 말은 그야말로 믿음에 근거한 사람만이 할 수 있는 말인데, 적어도 환자의 차원에서 할 수 있는 것들은 최선을 다해서 모조리 해보아야 한다. 그러지 않고 자신이 섬기는 절대자에게 말로만 위탁하는 것은 상당히 위험하고 어리석은 짓이다. 해석을 자신이 먼저 내려버린다면 과연 그 책임을 누구에게 물을 수 있겠는가?

우리나라의 기독교는 기복신앙(祈福信仰)에 근간

을 두고 있다. 언제나 복을 바라며, 모든 것을 하나님의 뜻으로 여긴다. 물론 '신앙인의 삶'이라는 관점에서는 이는 매우 훌륭한 삶이다. 그러나 자신이 편한 대로만 해석하고, 어떤 도움이나 의견도 받지 않으려 한다면 올바른 신앙인의 삶이라고 보기 어렵다. 특히 이러한 현상이 극대화될 경우 이단이나 사이비 종교에 빠져 남은 생을 속절없이 빼앗길 수도 있다.

모든 인간은 약하다. 그래서 신을 믿고, 신의 도움을 갈구한다. 중증 환자라면 두말할 것도 없다. 이웃집 담벼락 넘듯 우주를 오가는 이 첨단의 시대에 인간의 힘으로 할 수 없는 것들이 여전히 많고, 인간의 기술로는 치료할 수 없는 병도 여전히 많다. 진인사대천명이라고 했다. 몸과 마음이 아프다고 종교에만 너무 심취해서 삶의 균형을 무너뜨리지

당신은 이미 충분히 강한 사람입니다

말고, 올바른 종교관을 갖고 자신이 할 수 있는 최
선을 다해 보자. 그러면 어느새 건강해진 자신을 발
견할 수 있을 것이다.

다시 태어난다면

당신은 이미 충분히 강한 사람입니다

아프지 않은 삶을 새롭게 부여받아 다시 태어날 수 있다면 나는 어떤 삶을 살아가게 될까? 적어도 지금보다는 평안하고 고요한 삶을 추구할 것이다. 적어도 지금보다는 덜 아픈 삶을 자유롭게 살아갈 것이다.

아니, 그 전에 나는 다시 태어나고 싶지 않다. 내 모든 감정을 담아, 자신 있게 말할 수 있다. 나는 결코 이 세상을 다시 살아가고 싶지 않다. 그 어떤 모습으로도 말이다.

이는 여러 의미로 해석이 가능하다. 단순히 치료의 과정이 고통스러웠기 때문만은 아니며, 그간 살아오면서 마주했던 모든 상황과 모습이 불행했기 때문만도 아니다. 솔직히, 나도 잘 모르겠다. 남은 인생을 잘 살아낼 자신은 있지만, 한 번의 삶을 더 살아낼 자신은 없다. 충분히 괜찮은 삶이었고, 이 정도면 됐다.

몇 번을 생각해 봐도, 나는 다시 태어나고 싶지 않다.

당신은 이미 충분히 강한 사람입니다

당신, 당신,
그리고 당신에게

아프고 싶어서 아프고, 병들고 싶어서 병든 사람이 세상에 과연 몇이나 있을까? 재정 문제, 가족들의 고통 등 부가적인 어려움은 그렇다 쳐도 자신이 원해서, 자신의 의지로 아픈 사람은 아마 아무도 없을 것이다. 아픈 건, 여러분의 잘못이 아니다. 나는 어쩌면 이 얘기를 하고 싶어서 책을 쓰기 시작한 것일지도 모르겠다.

일반화할 수는 없지만, 우리나라에는 환자를 죄인처럼 여기는 풍조가 있다. 과장을 좀 보태면 환자들을 거의 '준'범죄자로 인식하는 경우도 더러 있다. 환자라고 고백하는 순간 주변인들의 태도부터 달라진다. 그래서 환자들은 병과 싸우는 동시에 편견과 싸워야 한다. 더 밝게, 더 활기차게, 더 아무렇지 않은 것처럼 보여야 한다. 암 투병 중임을 밝히는 일명 '암밍아웃'이라는 말도 그렇게 생겨나게 되었다.

병이라는 것은 부자연스러운 것이 아니다. 지극히 자연스러운 현상일진대, 사람들은 무슨 큰일이라도 난 것처럼 확대 해석을 한다.

아프다고 하면 일단 불쌍한 눈초리로 보기 시작한다. 뭔가 도움을 많이 줘야 할 것 같고, 손이 많이 갈 것처럼 느낀다. 이러한 뉘앙스 자체가 사실 환자들을 가장 많이 힘들게 한다. 선하고 어진 심성에서 비롯된 현상이라는 걸 알면서도 말이다. 실제로 미국 같은 경우, '나 암 환자예요'라는 말은 '나 배고파요'처럼 쉽게 할 수 있는 말이다. 말하지 않는다고 해서 있던 병이 하루아침에 낫는 것도 아니고, 망설이다 결국 하지 못할 말은 아니라는 것이다.

나조차 암 얘기를 꺼내는 데 몇 년 이상이 걸렸다. 지난 10여 년을 기점으로 어떤 책임감이 없었다면,

아마 지금도 이 얘기는 가족들이나 정말 가까운 사람들 외엔 모르고 있을 것이다. 사업적으로나 여러 측면에서도 사실 득이 될 건 별로 없다. 더불어 이러한 사실은 높은 확률로 약점으로 작용한다. 얘기해 봤자 마이너스라는 것이다. 결론적으로 나는 모든 리스크를 안고 병에 대해 고백했고, 이 결정에 대해 후회해 본 적도 없다. 암 환자가 된 것은, 암 환자의 보호자가 된 것은 죄가 아니다.

우리나라의 암 환자, 혹은 암을 경험한 환자는 자그마치 200만 명이 넘는다. 그런데도 우리 주위에 암 환자가 흔하지 않은 이유가 무엇일까? 답은 간단하다. 드러내지 않기 때문이다. 흔하지 않은 병으로 여겨지기에 그들을 대하는 상황 자체도 낯설고 부자연스럽다. 감춰진 암 환자까지 계산에 넣는다면, 현재의 의료 문화 수준은 매우 미미하다고 볼

수 있다. 암 환자임을 밝히는 데 '고백'이라는 단어
까지 써야 하는 지경이 이른 것이다.

　특히 '끝'을 너무 서둘러 준비할 필요도 없다. (사
실 끝이라는 건 준비할 수도 없고) 정말로 상황이 닥치
면 그때 준비해도 늦지 않다. 아직 오지도 않은 상
황을 미리 준비하고 부산을 떤다고 해서 바뀌는 건
아무것도 없다. 내가 가장 이해할 수 없는 준비는
'마음의 준비'다. 마음의 준비를 하면, 죽을 때 커다
란 미소를 머금고 죽을 수 있을까? 우리는 우리의
존엄을 지금보다 훨씬 더 가치 있게 여겨야 한다.
1순위로 지켜내야 할 것이 바로 이 '존엄'이다. 돈은
쥐고 갈 수 없지만, 각자의 존엄은 끝까지 쥐고 갈
수 있다.

　당신은 이미 충분히 강한 사람입니다

언제까지고 암 환자들이 방송에 나와서 울어야 되고, 힘들어 보여야 되고, 아파 보여야 하는 것은 아니다. 환자가 꼭 그렇게 살지 않아도 된다는 것을 보여주기 위해서 나는 아직 살아 있다. 내가 걸어간 길을 따라오라는 얘기가 아니며, 그럴 필요도 없다. 다만 한 사람이 인생이라는 벼랑 끝에서 지독하게 투쟁했음을 기억해주길 바란다.

더불어 지금부터는 조금 더 열린 마음으로 암을 포함한 모든 병을 바라봤으면 좋겠다. 병은 뭐랄까, 그냥 일상적인 거다. 우리 삶의 한 부분인 거고, 그걸 안 좋게 생각할 필요도 없다. 괜히 이상하게 볼 필요도 없고, 그렇다고 일부러 너무 가볍게 여길 필요도 없다. 아프기 시작하면, 아프다는 사실만으로도 이미 충분히 괴롭다. 그때부터는 자신감과 자존감이 많이 떨어지기 시작하고, 아무래도 움츠러든

당신은 이미 충분히 강한 사람입니다

다. 성향도 점점 소극적으로 변한다. 이 또한 마음 먹기 나름이니, '환자 바이브'에 너무 심취해서 '환자니까 이래도 되겠지?' 하는 나약한 생각을 버려라.

움직일 수 있다면 움직이고, 걸을 수 있다면 걷길 바란다. 이는 환자에게만 해당하는 얘기가 아닐 것이다. 정신이 무장되어 있으면 건강도 덩달아 좋아진다. 암이 나쁜 병인 것은 틀림없다. 그러나 이미 얻게 된 암이라면, 이를 하나의 계기로 생각해 봐도 좋다. 실제로 암을 겪고 나서 전혀 다른 삶을 살아가는 사람들이 많다. 대부분 훨씬 더 가치 있는 삶을 살고 있으며, 자신의 한계를 한 단계 갱신한 모습으로 사회 곳곳에 좋은 영향을 많이 끼치며 살아가고 있다. 괜찮을 거다. 다 괜찮아질 거다.

나도,

나도 지금 이렇게 살아 있다.

당신은 이미 충분히 강한 사람입니다

에필로그

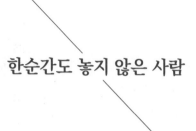

한순간도 놓지 않은 사람

2014년은 내 삶에서 가장 허탈하고 황망한 한 해였다. 가정을 일구고 사업이 이제 막 궤도에 오르던, 인생의 가장 빛나던 삼십 대 중반이었다. 단 한 번도 생각해 본 적 없는 죽음이 구체적인 시한을 정해 다가왔고, 나는 선택을 해야 했다.

죽음을 준비할 시간도, 슬퍼할 시간도 없었다. 죽음은 누구에게나 예정된 것이고, 삶을 되돌아봤을 때 어떠한 후회도 남기고 싶지 않았다. 어차피 잃을

당신은 이미 충분히 강한 사람입니다

게 없다는 생각으로 남은 기간 열심히 싸우며 살기로 한 나는 환자로, 비환자로, 또 사업가로 10여 년을 살았다. 그러는 동안 세 자릿수 항암 치료와 몇 번의 수술, 천 페이지가 넘는 진료 기록이 굳은살처럼 남았다. 나를 시한부 말기 암 환자가 아닌 평범한 사업가로 기억하는 사람들이 여전히 많은 것은, 삶도 치료도 그만큼 치열했기 때문이리라.

이 모든 과정은 위기에 놓인 한 사람의 태도로 수렴된다. 상황은 선택할 수 없었지만, 그것을 받아들이는 태도는 오직 선택에 의한 것이었고 그렇게 나는 여기까지 올 수 있었다. 물론 가족들이나 주변 사람들의 응원과 격려가 없었다면, 혼자서는 이뤄내지 못했을 기적 같은 일들이다. 이 자리를 빌려 그들에게 사랑과 감사의 뜻을 전한다.

2025년 현재, 나의 암은 완전 관해되었고 국립암센터 양한광 원장님으로부터 완치 판정을 받았다. 그러나 나의 삶은 여전히 현재진행형이다. 허구한 날 손톱과 발톱이 빠지고 관절이 붓는다. 피부질환과는 거의 한 몸처럼 지내며, 하루에 알약을 수십 개씩 먹는다. 항암 후유증 때문에 매일같이 밤잠을 설친다. 언뜻 보면 차라리 죽는 게 낫다고 생각할 수도 있다. 그러나 나는 이렇게 살아 있다는 것만으로도 축복이라고 생각한다. 조금 더 보고, 조금 더 느끼고, 조금 더 사랑할 수 있으니 말이다.

'그래도 저 사람은 돈이 많으니
저렇게 살 수 있겠지…'

누군가는 이렇게 생각할 수도 있다. 분명한 건 내전 재산을 건강과 맞바꿀 수 있다면 나는 한 치의

당신은 이미 충분히 강한 사람입니다

망설임도 없이 모든 것을 다 내어줄 수 있다. 돈의 많고 적음과 삶을 향한 의지는 전혀 상관이 없다는 얘기다. 전 세계에서 가장 부자인 사람도 죽음을 피해갈 수는 없다. 시간을 되돌릴 수도 없고 과거로 돌아갈 수도 없다. 내가, 또 우리가 이 땅에 남겨야 할 것은 절대 돈의 액수 따위가 아니라는 것이다.

나는 기억되길 바란다. 대한민국의 어떤 시한부 환자가 죽지 않고 오랫동안 살다 갔다고. 남들처럼 일하고 남들처럼 사랑하다 갔다고. 이것은 단지 그 모든 과정에 대한 기록이며, 누군가에게는 크고 작은 희망이 될 것이다. 이 책을 읽는 모든 이들이 오래도록 안온한 삶을 살아갈 수 있길 진심으로 바라고 응원하겠다. 마지막으로, 어머니와 돌아가신 아버지의 눈물 어린 기도에 감사드린다.

당신은 이미
충분히 강한 사람입니다

1판 1쇄 인쇄 2025년 4월 10일
1판 1쇄 발행 2025년 4월 17일

지은이 박지형
발행인 김형준

책임편집 박시현, 히양기
디자인 design ko
온라인 홍보 허한아
마케팅 진선재

발행처 체인지업북스
출판등록 2021년 1월 5일 제2021-000003호
주소 경기도 고양시 덕양구 원흥동 705, 306호
전화 02-6956-8977
팩스 02-6499-8977
이메일 change-up20@naver.com
홈페이지 www.changeuplibro.com

ⓒ 박지형, 2025

ISBN 979-11-91378-72-6 (03810)

• 이 책의 내용은 저작권법에 따라 보호받는 저작물이므로, 전부 또는
  일부 내용을 재사용하려면 저작권자와 체인지업의 서면동의를 받아야 합니다.
• 잘못된 책은 구입처에서 바꿔드립니다.
• 책값은 뒤표지에 있습니다.

체인지업북스는 내 삶을 변화시키는 책을 펴냅니다.

*표지의 이미지는 Freepik.com의 이미지를 활용했습니다.